君がくれた物語は、いつか星空に輝く

いぬじゅん

STARTS
スターツ出版株式会社

目次

君がくれた物語は、いつか星空に輝く

【プロローグ】

今朝も、いちばんに教室に着いたのは私だった。

カーテンを開ける作業も、もはや日課になりつつある。窓からは九月の朝日がさらさらと差し込んでいる。

窓側にある自分の席に座り、ぼんやりと教室を眺める。今は静かなこの場所も、やがてたくさんの声に包まれるのだろう。

誰よりも早く登校するのには理由がある。

最初から教室にいれば自分から『おはよう』を言わなくてもいいから。あとは、家にいたくないからというのもある。

でもなによりも大きな理由は、『パラドックスな恋』という小説を読むためだ。

『パラドックスな恋』は小説投稿サイトに掲載されている作品で、書籍化はされていない。

初めて読んだ日のことは今でも覚えている。影絵のような毎日に、この小説はひと筋の光を当ててくれた。

主人公の名前が私と同じ〝悠花《はるか》〟というのも、大きな要因のひとつかもしれない。

小説のなかの悠花は、キラキラしていて素直でかわいくて家族仲もよくて——まるで私とは正反対。だからこそ、憧《あこが》れてしまうのかもしれない。

スマホを開き、タイトルを表示させるだけで胸が熱くなる。

こんなことが実際に起きたらいいな……。大好きな小説と同じようなことが起きたなら、私は迷わず主人公と同じ行動を取るだろう。

さあ、今朝も読もう。

この退屈でつらくて悲しい日々を忘れるために。

指先でページをめくれば、周りの音は遠ざかっていく。

文字たちは誘う、物語の世界へ――。

【小説】パラドックスな恋

著：ＩＴＳＵＫＩ

□最初から読む
□続きから読む
□この作者をお気に入りに追加する
□感想を書く

小説投稿サイトBENOMA
作品番号3216090

【第一章】再会星

二学期がはじまると同時に、夏のにおいはどこかへ消えてしまったみたい。朝というのにすでに暑く、登校中はセミの鳴き声もまだ聞こえている。それでも、体にまとわりついていた夏が体からはがれてしまった感じがした。

教室に入ると、久しぶりに会うクラスメイトに勝手に笑顔になってしまう。

「悠花、久しぶり！」「またかわいくなったんじゃない？」「あー、悠花に会いたかったよ～」

私も会いたかったよ。

やっぱり教室に入るとテンションがあがってしまう。

手を取り合ったり、スマホで写真を撮ったりしながら、窓側の席にたどり着く。

ああ、今日もすごくいい天気。一か月ぶりに見る四角く切り取られた青空、遠くの山の風景がなつかしい。まるで風景が今日という日を応援してくれているみたい。

「悠花、おはよう」

前の席の茉莉《まり》が、椅子ごとうしろ向きになって言った。

最近伸ばしているという髪は、肩にかかりそうなほど長くなっている。茉莉のうらやましいところは、日焼け止めを塗っていないわりに、昔から白い肌をキープしていることだ。私なんて、ＳＰＦ50の日焼け止めを重ね塗りしまくっているというのに。

「なんか久しぶりに会う気がするよねー」

髪を耳にかけながら茉莉はうれしそうに言った。

「久しぶりじゃないよ。昨日一瞬だけ会ったよね？」

窓を開けるとやわらかい風が鼻をくすぐった。やっぱりもう季節は秋に傾いている。

見ると、茉莉は心外とでも言いたそうに眉をひそめている。

「会ったっていっても交差点のところで一瞬だけでしょ。そもそも、悠花は車に乗ってたし。悠花のおじさん、あたしの名前を大声で呼ぶのやめてくれないかな。めっちゃ恥ずかしかったんだから」

茉莉とは昔から家が近所。つまり、幼なじみってやつだ。幼稚園のころからよく知っている。このあたりは田舎だし、クラスメイトには小学生時代から知っている子もちらほらといる。

「夏休み最後の日は家族で外食って決まってるからね」

昨日は数か月ぶりに焼き肉を食べに行った。いくら髪ににおいがついたとしても、あのおいしさにはかなわない。お母さんなんて、ご飯をおかわりまでしてたし。

「悠花んとこは家族仲よすぎ。うちなんてろくに会話もしないのにさ」

「そうかな。普通だと思うけど」

「全然普通じゃないって。悠花ん家《ち》を見てると、外国のホームドラマを見ている気分になるもん」

そこまで言ってから茉莉は「違うな」と眉をひそめた。

「おじさんやおばさんはホームドラマだけど、悠花は学園ドラマの絶対的主役って感じ」

「私が主役？　ないない」

脇役のひとりならわかるけど、主役はさすがに言いすぎだ。手を横に振ると、茉莉はずいと顔を近づけてきた。

「前から言ってるけどさ、悠花はめっちゃかわいいしキラキラしてるんだからね。そこを認めないのはずるいよ」

ずるいと言われても困ってしまう。私からすれば茉莉だってかわいいし、ほかの子だってみんなそう。けれど、否定しても茉莉は決して許してくれない。長年のつき合いだからわかること。

「ありがと」

これが正解の返答だということは、長年の経験で身に染みている。

片眉をあげたまま、茉莉はゆっくりうなずいた。コミカルな仕草もかわいいって伝えたいけれど、今は話題を変えるのが先だ。

「それより茉莉、夕べってどこに行ってたの？　珍しくメイクしてなかったっけ？」

車の後部座席から手を振っただけなのでよく見えなかったけれど、見慣れないワンピースを着ていた気がする。

「実はね……」

茉莉は周りに誰もいないことを確認すると、私の耳に顔を近づけた。

「直哉《なおや》と会ってたの」

「直哉……って、まさか熊谷《くまがい》くんのこと？　え、つき合ってたっけ？」

ひゃーと声が出そうになる私に、茉莉は「シッ」と人差し指を唇に当てた。

「まだそんなんじゃないよ。急に誘われてさ、悠花に相談しようと思ったんだけど、なんだか恥ずかしくって……」

てっきり『偶然会った』とか『夏休みの課題を写させてあげた』という理由だと思っていたから、今度こそ本気で驚いてしまう。

「待って。熊谷くんのこと、前から好きだったっけ？」

熊谷くんはまだ登校していない。教壇前にある彼の席を差す指を、茉莉はむんずとつかんできた。

「やめてよ。まだ内緒なんだから」

私も茉莉も、熊谷直哉くんとは高校二年生になってから初めて同じクラスになった。たまにしゃべることもあるけれど、まだ苗字でお互いを呼び合う間柄だ。茉莉も同じだったはずなのに……。

「それがさあ、夏休み前に本屋さんでバッタリ会ってね、たまたま同じ小説を手にしてたの。それがきっかけでLINE交換して、たまに連絡し合ってる感じ」

「へえ……」

頬《ほお》を赤らめる茉莉に、思わず何度もまばたきをしてしまう。

でもまあ、共通の趣味ってたしかに萌《も》えるよね。

前は茉莉だって『熊谷くん』って呼んでいたのに、もう下の名前を呼び捨てにしている。

夏休み中に進展があったのだろうけれど、茉莉が恋をするなんて驚きしかない。

「そっちのほうが恋愛ドラマの主人公じゃない」

茉莉は「ちょ！」と大きな声を出してから、慌てて亀のように首を引っ込めた。

「デートとかじゃないよ。一緒に本屋さんに行っておすすめの本を教えてもらっただけなんだから。あ、帰りにお茶はしたけど」

それはもうデートなんじゃないかな。茶化すのもはばかられうなずいておく。

結局、みんな私よりリア充ってことだよね。まさか茉莉までそうなるとは予想外だったけれど、友達の恋は素直に応援したい。

からかわれないことにホッとしたのか、茉莉は大きく息を吐いてから憂《うれ》いを帯びた瞳を向けてきた。

「悠花もさ、そろそろ好きな人作ったら？」

「えー、私はまだいいよ」

「親友からの進言。人生のなかでいちばん若いのは、いつだって今この瞬間なんだよ。昔から〝恋せよ落とせ〟って言うじゃない」

きっと茉莉は、〝恋せよ乙女〟って言いたかったのだろう。でも、好きな人を作ろうと思って作れるものなの？

私にはまだわからない。私は家族のことも友達のことも、みんな同じくらい好きだし、今のままで十分楽しいと思っているし。

まるで私の思考を読んだように茉莉はわざとらしくため息をついた。

「あたしの夢は、悠花に恋人ができること。そりゃあ、悠花に恋人ができたらクラスの男子はおもしろくないだろうけどさ、フリーじゃなくなったほうがあきらめがつくってもんだよ」

茉莉は私のことを昔から過大評価しすぎだ。たしかに告白をされたことはあるし、町で声をかけられたこともある。恋だって一応は経験済みだ。けれどどれも風邪みたいに数日経つと熱は下がってしまい、あとかたも残らなかった。

「悠花にも恋する気持ちを知ってもらいたいなあ」

ぽわんと宙を見あげる茉莉に「そこまで」とストップをかけた。

「急に恋愛の達人っぽくなるのやめてよね。ていうか、熊谷くんとつき合うの？」

茉莉はゆっくりと小首をかしげてみせると、軽くため息をついた。

「まだわからないよ。あたしは自分からは告白しないって決めてるから」

「なんで？　好きなら告白しちゃえばいいのに」

「声が大きいって」

きょとんとする私に茉莉は声を潜めた。

「自分から好きだって言ったら、その時点でハンデを背負ってる感じがするもん。最初に好きになったのは相手のほう、ってことにしたいの」

そういうものなのかな？　私にはまだわからない。

また憂いのあるため息をつく友が、なんだか遠くに思えてくる。

ガタッと椅子を鳴らして立ちあがった茉莉が、「おはよう」と言いながら駆けていく。見ると、噂《うわさ》の人である熊谷くんが教室に入ってきたところだった。

茉莉を見つけるとうれしそうに頬を緩ませている。

はたから見れば、熊谷くんも茉莉のことを好意的に思っているのがわかる。

両片想《おも》いなんてそれこそドラマ的展開。素直にうらやましいと思った。鳴りだしたチャイムの音さえも、ふたりを祝福しているように感じてしまう。

茉莉が幸せになれますように。そんな願いを口のなかで唱えていると、ドタドタと足音が近づいてきた。ふり向かなくても誰が登校してきたのかわかる。

「うおー、間に合った!」

転がるように隣の机に滑り込んだのは、クラスのムードメーカーである伸佳《のぶよし》。小学四年生からはじめたバスケットボールのおかげでクラス一背が高い。そう、伸佳も幼なじみのひとりだ。

「ノブおはよ」「朝からさわがしい」「またうるさいのが来た」

みんな文句を口にしながらも顔には笑みが浮かんでいる。バスケ部では万年補欠でも、いつも笑っている彼はみんなを同じくらい笑顔にする。

あ、伸佳は茉莉にずっと片想いをしているんだった……。内緒の約束だから誰にも言っていないけれど、茉莉が熊谷くんとつき合うかもしれない、って言ったらショックを受けるだろうな……。

みんな恋をして、うれしかったり切なかったり。本当に恋をするってどんな感覚なんだろう。自分を見失うほどの恋をしてみたいけれど見失うのは怖い気もする。

私は一回だけでいい。風邪みたいな恋じゃなく、永遠に結ばれるような本当の恋をしてみたいな。

モニター越しで話をする校長先生は、「最後に」と口にしてから三分は話し続けている。

コロナの影響で始業式は、校長室と各教室をつないでのオンラインでおこなわれる。終業式もそうだったから慣れているけれど、卒業式もそうだとしたら悲しいな……。

体育館で集まって話を聞くのとは違い、みんな一応耳は傾けている。

担任の深澤《ふかざわ》先生は、大きな体を揺らしてさっき教室から出ていき、校長先生の話が終わるちょっと前に戻ってきた。

長すぎる話が終わり、モニターの電源が切られると、いよいよ二学期が本格的にはじまる。

夏休み中に書いてくるように言われた、進路希望の用紙は白紙のまま。正確には『検討中』に丸をつけただけだ。

「ということで今日からまたよろしく」

普段はジャージ姿の深澤先生も、今日はスーツ姿。シャツがパツンパツンなのは遠目でもよくわかる。

隣の席の伸佳はさっきからあくびを連発している。私と目が合うと、慌てて背筋を伸ばして前を向くのが笑える。朝練のあとって眠くなるよね。

「前みたいにマスク必須ならあくびもバレないのに」

なんてブツブツ言っている。

「もうコロナも落ち着いてきたからね」

最近ではマスクもしなくてよいことになった。国が治療薬を認可して以来、少しずつコロナ前の生活に戻りつつある。

「なんでこんな眠いんだろう。夜になると目が覚めるんだよなあ」

「伸佳はゲームのやりすぎなんだよ。夜中までゲームやってるって、おばさんがグチってたよ」

「うるせー」

私の容姿ばかり話題にするみんなと違い、伸佳はいつも遠慮ない言葉をかけてくる。私も言いたいことが言えるし、気楽に話せる存在。

といっても、伸佳が恋愛対象になるかと聞かれたら返事はＮＯだ。伸佳も同じ意見なんだろうけれど。

「えー、今日はみんなに報告がある」

深澤先生の声に視線を前に戻す。深澤先生はもったいつけるようにじっと私たちを見てから、口を開いた。

「今日からこのクラスに転入生が入ることになった」

わっと波のような歓声が生まれるなか、深澤先生は教室の前の扉に向かって声をかけた。

——ガララ。

扉の開く音に続き、なかに入ってきた男子を見て、私は思わず息を呑《の》んだ。

やわらかく揺れる黒髪と、子犬を連想させるやさしい目。口元の笑みが涼しげな印象を与えている。高い身長、半袖のシャツから伸びる腕は筋肉質で、とにかくイケメンだ……。

ヒソヒソと好意的なささやきを交わす女子たちは、ひと目で転入生を気に入ったみたい。拍手の音も彼を歓迎しているのがわかる。

「山本大雅《やまもとたいが》です。よろしくお願いします」

軽く頭を下げた彼の瞳が私を見た。まっすぐに見つめてくるその目がやわらかくカーブを描く。

え、私のことを見ている……?って、気のせいだよね。

唖然《あぜん》とする私から隣の伸佳に視線を移すと、彼はもっと笑顔になった。なぜか伸佳も同じように笑っている。なにが起きているのかわからない。

意味がわからないまま、黒板に書かれる〝山本大雅〟の文字を眺めている間に、チャイムがまた鳴った。

始業式の日は、夏休みの課題を出せば終わり。

下校時間になると、山本くんは真っ先に私の席へとやってきた。

「久しぶりだね」

そう言う山本くんに思わず顔をしかめてしまう。初対面の挨拶にはあまりにもふさわしくない。

あ、こういうナンパをされたことがあったっけ。でも、ここは教室だし……。

「え、あの……」

「ノブも久しぶり」

今度は隣の伸佳に同じように言う山本くん。なぜか伸佳は「おう」と満面の笑みで応えている。

そっか、ふたりは知り合いなんだ。

きっとバスケ部がらみで会ったことがあるのだろう、と納得しておく。

近くで見ると、山本くんはやわらかい印象の人。人懐っこいというか、壁を感じさせない笑顔に思わず口元が緩んでしまう。

席から立ちあがった伸佳が、長い腕で山本くんの肩を抱いた。

「いやあ、まさか大雅が戻ってくるなんて想像もしてなかったよ。お前、全然変わらねえな」

「ノブだって変わってないよ。まあ、身長はかなり伸びているけど」

くしゃくしゃの顔で笑う山本くんの瞳が、またこっちに向く。

「悠花はずいぶん大人っぽくなったね」

「え!?」

いきなり呼び捨て!? そもそも私の名前をなんで知っているの？

思わず声をあげる私に、山本くんも「え？」と同じ言葉で答えてからさみしそうな表情を浮かべた。

「ひょっとして……僕のこと覚えてないの？」

私の代わりに「まさか」と言ったのは伸佳だった。

「照れてるだけだよ。なんたって小学三年生以来の再会だもんな」

「……あ、うん」

思わず合わせてしまったけれど、記憶をたどっても山本大雅という名前に心当たりはない。

どうしようか。このままウソをつき通す？

迷ったのは一瞬だけで、すぐに私は頭を下げた。

「ごめん。ちょっと記憶があいまいで……」

私の最大の弱点はウソが下手だということだ。昔からウソをつくと挙動不審になるからすぐにバレてしまう。

「またまた～。悠花、そういう冗談はいいって」

がはは、と笑う伸佳の横で山本くんは軽くうなずいた。

「大丈夫だよ。じゃあ改めて自己紹介するね」

山本くんは、いたずらっぽい顔で私を覗《のぞ》き込んできた。

「僕の名前は山本大雅。君は、日野悠花。僕たち、実は幼なじみなんだよ」

「あ、うん……え？」

幼なじみ？　私の幼なじみって、茉莉と伸佳だけじゃないの？

「俺も仲間に入れろよなー！」

うれしくてたまらない、という感じの伸佳を不思議な気持ちで見ることしかできない。

「大雅！」

茉莉が駆けてきたかと思うと、山本くんの腕に抱きついた。これで彼は、伸佳と茉莉の両方に確保された形になった。

「ひょっとして、君は茉莉なの？」

「そうだよ。気づいてくれないからさみしかったよ～」

「全然わからなかった。すごくかわいくなったね」

「それって前がブスだったってこと？　あー、大雅はそういうところ変わってない。昔も思ったことそのまま口にしてたもんね」

ケラケラ笑う茉莉が「ね？」と私に同意を求めてきた。

「茉莉、あの――」

「幼なじみの四人がまたそろうなんてうれしいね！　もう最高！」

テンションがあがる茉莉に、周りのクラスメイトも興味津々の様子。

私だけが状況についていけていない。

いったいどうなっているの？

山本くんは、目じりをこれでもかというくらい下げた。

「まさかみんなに再会できるなんて思ってもいなかった。完全アウェイだと覚悟してたから、安心したよ」

山本くんは伸佳、茉莉、そして私へと順番に視線を移した。伸佳も満足したのか、自分の机の上に腰をおろし両腕を組んだ。

「こんな偶然すごいよな。おばさんはどうしてる？」

「二学期に間に合うように僕だけ先に戻ってきたんだ。親は引っ越しの準備してからこっちに来るんだって」

　パチンと茉莉が両手を鳴らした。

「おばさんに会うのもすっごく久しぶりだから楽しみ。よくみんなでバーベキューとかしたよね」

　茉莉が私を見てくるけれど、バーベキューをした記憶なんてない。ていうか、山本くんに関する記憶がひとつもよみがえらない。

　まるで壮大なドッキリ企画に巻き込まれている気分。

　それでもなんとかうなずいて、「えっと」と言葉を選んだ。

「山本くんはどこに引っ越したんだっけ？」

　すると彼は一瞬目を丸くしてから「ぶっ」と噴き出した。ほかのふたりも一斉に笑っている。

「山本くんなんてくすぐったいからやめてよ。前みたいに大雅って呼んでよ」

「そうだよ」と茉莉。

　伸佳も大きくうなずいている。

　これは……やっぱり私が忘れているってことなんだろうな。

「……大雅」

　そう呼ぶと、大雅は満足そうにうなずいてから窓の向こうに目をやった。

「本当になつかしいよ。でも、このあたりもずいぶん変わったね。学校までの道もキレイに整備されていたし」

「区画整理があったからな」

仲佳の説明に、大雅はまぶしそうに目を細めた。

「駅前のあたりはどうなの？」

「あそこは昔のまま。店はけっこう変わったとは思うけど」

遠くに見える町を眺めていたかと思うと、「ねえ」と大雅は顔を私に向けた。

「町を案内してくれない？」

「あー、俺部活なんだよな」

「あたしも」

残念そうに言いながら仲佳と茉莉は私を意味深に見てくる。そりゃあ、私は部活動はしていないけれど……。

「じゃあ、悠花にお願いしようかな」

そんな目で見られても無理。知らない男子――いや、本当は知っているんだろうけれど――とふたりきりで町を歩くなんてできるわけがない。

そもそも思い出話をされても、全然わからないだろうし。さすがにこれは荷が重すぎる。断るしかない。そうだよ、断ろう。

意を決して私は口を開いた。

「うわーなつかしいね！」

さっきから大雅は右へ左へとふらふら、まるで糸の切れた凧《たこ》みたい。

「このスーパー、まだやってるんだ。昔とちっとも変わってない」

指さしながらふり向く大雅の髪が、風の形を教えてくれる。

「危ないからあまり車道に寄らないで」

「うん」

「あ、そこ段差あるから気をつけて」

さっきから保護者みたいな発言しかしていない。あまりにもうれしそうでなつかしそうな大雅は、誰も気づかないような古い看板にさえ反応している。

結局、うまく断ることができないまま放課後になり、ふたりで夕焼けの駅前を歩いている。長く伸びた影が重ならないように、わざと離れて歩く私。

だって男子とふたりきりで町を歩くなんてこと、普段は絶対にないから。

「駄菓子屋さん……山田屋《やまだや》だっけ？　この家のあたりじゃなかった？」

はしゃぐ大雅はまるで子どもみたい。彼は本当に私の幼なじみなの？

「山田屋さん、区画整理のときに引退しちゃったから」

「そうなんだ。みんなで小学校の帰りに買い食いしたよね」

夏が去ったなんてとんでもない。午後の駅前はじりじりと焦《こ》げるような暑さだ。

土日とかにみんなで町をぶらぶらすればよかった。

無邪気にはしゃぐ大雅のことを、私はちっとも思い出せない。

そもそも、幼稚園や小学低学年のときのことをほとんど覚えていない私。

昔からそうだった。アルバムをめくっても、自分がどんな子どもだったのかわからないのだ。

小学校四年生からの記憶はそれなりにあるのに、それ以前のものはゼロに等しい。

幼いころのことを忘れるなんて普通にあると思っていたから気にしてこなかったけれど、さすがに幼なじみの存在自体を忘れているなんて心配になる。

大雅はよく覚えているんだな……。

白いシャツがやけにまぶしい。

「駅前は変わってないね。ここの横断歩道のところがやけに薄暗いのも同じだ」

踊るように横断歩道に出た大雅に「危ない」と言いかけて、信号が青であることに気づいた。

「私はあまりここ、来ないんだよね」

「家のほうからだとあっちの交差点を使うもんね」

「そうそう」

なんとか話題についていけている、とホッとする。

「あ」と、大雅はなにか思いついたようにふり返った。

「夕焼け公園ってまだある？」

「夕焼け公園？　ああ、二丁目の公園のこと？」

高台にあるその公園は私や伸佳、茉莉の家から近く、中学にあがるまではよく集合場所にしていたっけ。

夕焼け公園の響きに覚えはないけれど、町が真っ赤に染まる光景は覚えている。

「時間もちょうどいいし、行ってみようよ。こっちだよね？」

さっさと歩き出す大雅はまるで子どもみたい。

そばにいればなにか思い出せるかも、という期待は見事に外れた。町案内の最中も、私は適当に話を合わせることしかできずにいた。

急な坂道をのぼっていけば、町は遠のき、空が近づいてくる。坂道の途中の左手に公園の入り口がある。坂の上には私たちの住む住宅街が続いている。

砂利道を踏みしめる感覚がすでになつかしい。

ブランコと砂場、そして町を見おろせる場所にいくつかのベンチが設置されているだけの簡素な公園。なかに入るのはいつぶりだろうか。

「悠花、見て。すごく夕日が大きい」

ベンチに腰をおろし正面を指さす大雅。見慣れた太陽が町の向こうに沈んでいく。

大雅はそのまま指先を空へと向けた。

「真上の空にはもう夜になろうとしてる。星が見えるよ」

見あげると紺色に変わりゆく空に星がひとつ光っていた。

大雅との間に少しスペースを空けて座る。大雅の横顔が朱色に染まるのを不思議な気持ちで見ていた。

そんな私に気づいたのだろう、目をカーブさせた大雅が首をかしげた。

「やっぱり、悠花は僕のこと覚えていないんだね」

「え……」

「昔からなんでも顔に書いてあるから。今は、『この人はいったい誰なんだろう？』って思いっきり書いてある」

思わず両頬に手を当てる私に、大雅は声を出して笑った。

「たとえ話だよ。でも、覚えていないんでしょう？」

「……ごめん」

「いいよ。だって本当に久しぶりだし」

やさしい人だな、と今日何回目かの感想を抱きつつ、もうごまかしている場合じゃないと思った。

「あのね」と迷いながら口を開く。

「大雅くん……大雅が引っ越したのって小学三年生のころなんでしょう?」

「そうだよ」

「私、昔から小さいころの記憶ってほとんどないの。思い出そうとしても思い出せなくて、茉莉や伸佳のことも気づけば幼なじみだったっていう感じなの」

断片的に覚えているのは、幼稚園の庭に大きな桜の木があったこと、おやつをもらうときに手をチューリップの花に見立てて開き、そこに入れてもらっていたこと。小学一年生のときに『先生あのね』ではじまる日記を宿題として書かされていたこと。

どの思い出も、登場人物は自分ひとりきり。

「だから、大雅のこと思い出そうとしても思い出せない。ひどいことだよね。本当にごめんなさい」

大雅の姿はさっきよりも濃い朱色に染まっている。瞳を伏せる横顔は、私のせい。大切な友達を忘れてしまったなんて、自分でもありえないって思うから。

「なあ、悠花」

ふいに大雅がそう言った。

「忘れてしまったことで自分を責めないで。悠花のせいじゃないから」

「え……」

意味のわからない私に、大雅はニッと笑みを浮かべた。

「思い出せなくていいんだよ。これから新しい思い出を作っていけばいいだけだから」

「でも……」

「僕は悠花と新しい思い出を作っていくよ。そのほうが新鮮だもんね」

ひょいと立ちあがる大雅の表情が、逆光で見えなくなる。

ズキンと胸が痛くなった。

自分を責めながら、なぜか大雅から目が離せない。

いつも教室で私は笑っていた。楽しくてうれしくて、毎日はキラキラ輝いていた。

でも、それをあっけなく凌駕《りょうが》するくらい大きな存在が現れたような気がする。

どんな私でも包み込み、やさしく迎えてくれるような……。

――あるわけない。

――こんなの恋じゃない。

何度自分に言い聞かせても、どんどん頬が赤くなるのを感じる。

もっと大雅の顔を見ていたい、そう思った。

【第二章】恋星

「覚えてないいんでしょ」

茉莉にそう言われたとたん、私は両手を挙げて降参のポーズを取った。

大雅が転校してきて三日が過ぎ、すっかりクラスにも慣れた様子。もともとこのクラスにいたかのように、みんなと打ち解けていて、誰よりも私に話しかけてきてくれて……。

私たち四人がなつかしの再会を果たしたことは知れ渡り、すっかりグループ扱いになっている。

だから、覚えていないことを茉莉に指摘され、あっさりと認めることにした。

「助けてよ。本当に覚えてないの」

「全然？」

「全然、ちっとも、まったく」

素直に答えると、茉莉はあきれたような顔になってしまう。

大雅は風邪を引いたらしく、今日は欠席した。放課後になって思うのは、大雅のいない学校はつまらない。大雅のいないクラスは物足りない。

すっかり心を奪われていることは認めている。これを恋と呼ぶのなら、なんて急展開なのだろう。

恋ってもっと、徐々に親しくなる過程で想いが強くなるものだと思っていた。会ってすぐに好きになるなんて、これじゃあひと目ぼれみたい。

下校時刻を過ぎ、クラスに残っているのは茉莉と、委員会で居残りの数名だけだった。

ふと気づくと、茉莉がやけに真剣な顔のままうつむいていた。

「茉莉？」

私の声にビクッと体を震わせたあと、茉莉はあとづけでふにゃっと笑った。

「ごめんごめん。次の試合のこと考えてた」

「なにそれ」

苦笑する私から視線を宙に向けると、茉莉は足をぶらんぶらんと揺らした。

「前から悠花って昔の話になると記憶があいまいになるよね」

「そうなんだよね。言ってなかったけど、昔の記憶があまりないんだよ。もともと忘れっぽいのもあるんだけど」

「そう……」

自分でも声のトーンが落ちたことに気づいたのだろう、茉莉はポンと手を打った。

「じゃあさ、アルバムを見てみたら？　大雅、めっちゃ写ってたよ。むしろ伸佳よりも多いくらいだった」

「アルバムか。そういえば最近見てない気がする」

「それで思い出せないなら、新しい友達として思い出を作っていけばいいじゃん」

大雅が言っていたこととよく似たことを茉莉は言う。

アルバムは押入れの奥にしまい込んでいたはず。まずはそこから思い出していこう。

大きくうなずく私に、茉莉はずいと顔を近づけてきた。

「ズバリ聞くけど、悠花って大雅に恋してるでしょう？」

直球を投げられ、思わず目をつむってしまった。

「あ、違う。そうじゃなくて、そうじゃ……」

恋に免疫のない私には、その球を打ち返すことなんてできない。モゴモゴと口ごもる私の肩を茉莉はポンポンと軽くたたいた。

「内緒にするから大丈夫。あたしだって直哉への片想いは内緒だし」

「うん……。でも、これが恋なのかどうかわからないの。久しぶりに会ったからうれしいだけかもしれないし」

言いながら、違うなと思った。そもそも覚えていないのだから、そんな感情はないのに。

私は大雅に、茉莉は熊谷くんに、伸佳は茉莉に。一方通行の恋のベクトルが表示されている。でも……やっぱりこれが恋なのかはよくわからない。

茉莉は人差し指を口に当て、一日中空席だった大雅の席を見やった。

「昔から大雅って体弱かったんだよね」

「そうなんだ」

「幼稚園で遠足とか行った翌日は、たいてい寝込んでたよ。日常とは違う変化があると、体調が悪くなっちゃうみたい。転入したてで疲れが出たのかもね」

「たしか、ご両親はまだ来てないんだよね？」

今、ひとりで寝込んでいるのなら、心配だ。きっと不安だろうな……。

茉莉がスマホを取り出すと、

「ビタミン系の飲み物と、エナジー系の炭酸飲料、あとはお弁当だって」

とよくわからないことを言った。

「ん？」

「大雅にＬＩＮＥして必要なものがないか聞いておいたの。悠花が持っていくって伝えておいたから」

びっくりしすぎて声の出ない私に、ニヤリと笑ってから茉莉は立ちあがった。

「ほら、あたしが行くと直哉に勘違いされそうでしょう？　伸佳は部活。それに、思い出すなら直接本人に聞くのがいちばんじゃない？　ＬＩＮＥに買っていく物リストを送っておくからよろしくね」

「待ってよ。そんなの……」

通学リュックを背負った茉莉が「そうそう」とふり向いた。

「大雅とＬＩＮＥ交換するのが今日の目標ね。ちなみにコロナは陰性だったみたい。じゃ、がんばってね」

ひらひらと手を振りながら去っていく茉莉を、私はただ見送ることしかできなかった。


茉莉からのＬＩＮＥのメッセージには、ご丁寧に大雅の住所まで載っていた。地図アプリで調べると、夕焼け公園に続く坂道の下にあるマンションに住んでいるらしい。

それにしても、飲み物ってすごく重い。

両手で持っても、指に食い込んでくるエコバッグの持ち手に苦戦しながら、なんとかマンションの入り口に立った。すっかり汗をかいてしまっている。

「ここか……」

比較的新しめのマンションは十階建てくらいの高さ。入り口の自動ドアにはロックがかかっていて、そばにあるインターフォンで部屋番号を押して解除してもらわなくてはならないみたい。

部屋番号は二〇五号室。緊張しつつ番号を押そうと指を伸ばすと同時に、勝手に自動ドアが開いた。

え、なにこれ。

「こんにちは」

私に声をかけながら小学生の女の子がなかに入っていった。自動ドアに近づくと反応するカギでも持っているのだろう。

「あ、こんにちは」

遅れて挨拶をしてから、まだ開いたままの自動ドアをくぐる。

女の子は私をふり返ることなくエレベーターのボタンを押した。一緒に乗るのもなんなので、階段を使い二階へあがることにした。

心臓がずっとドキドキしている。

よく知らない男子の家にひとりで向かっている、という状況がいまだに信じられないし、実感がない。

部屋を見つけ、今度こそ勇気を出しインターフォンを……。

しばらく指を宙で停止させたあと下におろすと、私はエコバッグごと玄関の取っ手にそっとかけた。

高熱で苦しんでいるのなら起こしてしまうのは迷惑だろう。お風呂に入れていなかったなら気にするだろうし、余計に気を遣わせてしまうだろうし……。

たくさんの〝だろう〟が言い訳なのは自分でもわかっている。

でも……これ以上、大雅のことを好きになる状況は作りたくない。

この想いは恋なんかじゃない。幼なじみの関係だったとしたら、これからもそれを維持したほうが絶対いいに決まっている。そもそも、昔の記憶を失っているくせに好きになるなんて、大雅からしたら迷惑な話だろうし。

差し入れがドアノブにかかっているって、あとで茉莉から大雅にＬＩＮＥで伝えてもらおう。

「すみません」

急にうしろから声がして「ひゃ」と悲鳴をあげてしまった。

ふり返ると、赤いランドセルを背負ったおさげ髪の少女がいぶかしげに私を見ていた。さっきマンションの入り口で会った女の子だ。女の子も思い当たったらしく、少し目を大きくした。

「下で会いましたよね。うちになんの用ですか？」

「え、あの……」

説明しようと足を前に出すと、女の子はサッと右手をあげた。

「近寄らないでください。怪しいと思って、エレベーターをおりずに様子を見ていたんです。防犯ブザーを押しますよ」

女の子の手にプラスチック製のボタンがあり、長い紐《ひも》がランドセルから伸びている。

「あ、あの……ここって山本大雅くんの家でしょうか？」

「個人情報の関係でお教えできません。そういうときはまず、自分から名乗るものです。もちろん身分証明書と一緒に」

右手を差し出す女の子に、慌てて生徒手帳を見せた。

「私、大雅と……大雅くんと同じクラスの――」

「え、ウソ!? 悠花ちゃんだ！」

急に丸い声になった女の子が、うれしそうに白い歯を見せた。さっきまでの不審な顔と違い、あどけなさでいっぱいになる顔。

「そうだったら早く言ってくださいよ。てっきり不審者かと思っちゃいました」

「す、すみません」

「うわぁ。やっぱり悠花ちゃんってすごく美人なんだね！ 昔の写真もかわいかったけど、今は女優さんみたい」

さっきとはあまりに違うテンションに「あ」とか「う」としか反応できない。

「私、妹の知登世《ちとせ》、小学三年生です。はじめまして」

手早くカギを開けると、知登世ちゃんは「どうぞ」と右手を室内に向けて差し出した。

「あ、いえ。今日はお見舞いの品を持ってきただけで――」

「おにい～ちゃあん！　ちょっと来て～！」

話を聞かずになかに声をかける知登世ちゃんに、今にも逃げ出したくなる。

ガタガタッと洗面所のほうから音がしたかと思うと、

「知登世か!?　どうかしたの？　ちょっと待ってて」

焦る声が聞こえた。

「早く早く。じゃないと逃げちゃうよ！」

「逃げるって、まさか不審者か!?」

ガラッと開いた扉の向こうから大雅が飛び出してきた。

「キャア！」

思わず声をあげてしまったのは無理もない。

大雅はタオルを一枚巻いただけの裸だったのだから。

「本当にダメな兄で申し訳ありません」

お茶を出してくれた知登世ちゃんが、ペコリと頭を下げた。

「いいえ、びっくりしちゃって。私こそすみません」

広いマンションのキッチンスペースには、まだ冷蔵庫しかない。リビングには四人がけのテーブルだけがぽつんと置いてある。これから引っ越しの荷物を本格的に運んでくるのだろう。

クーラーがないせいで部屋はサウナ状態。汗が噴き出すなか飲むお茶は冷たくておいしかった。

まだ胸の鼓動は速いままだ。

「いくらシャワーを浴びてたからって、まさかあんな格好で出てくるなんて」

ぶすっと洗面所のほうをにらんだあと、知登世ちゃんはマジマジと私の顔を見た。

「でも、初めて悠花ちゃんの顔を見られてうれしいです。本当にキレイで憧れちゃいます。きっとモテるんでしょうねぇ」

「そ、そんなこと……」

「いえいえ、そんなご謙遜《けんそん》を。すっごくピュアな感じがしてかわいらしいですよ」

これじゃあどっちが年上なのかわからない。

もう一度お茶で喉を潤す。洗面所からはドライヤーの音が聞こえている。

知登世ちゃんが私を知っているということは、大雅が話をしてくれていたのだろう。

それだけでうれしくなってしまう。

「知登世ちゃんはしっかりしてるんだね。防犯対策もしっかりしてて驚いちゃった」

「兄が頼りないから、私がしっかりするしかないんです」

「もう一緒に暮らしているの？」

「いえ」と知登世ちゃんは立ちあがった。

「小学校の始業式は月曜日なので、それまでに引っ越ししてきます。今日は風邪のお見舞いがてら来ただけなんです」

そういえば、大雅の前の住所ってどこなんだろう？　知登世ちゃんがひとりで来られる距離なのだろうか？

「いやあ、ごめんよ」

ジャージ姿の大雅が姿を現した。まだ熱があるのだろうか、顔色は悪いけれど声はいつもと変わりがないように思える。

「ううん。私こそ急にごめんね」

どうしよう、大雅の顔がうまく見られない。絶対赤くなっているだろう自分の顔を見られないようにうつむいてしまう。

チラッと見ると大雅も鼻の頭をポリポリとかいている。

「知登世も来るなら迎えに行くって言っただろ。ひとりで来るなんて危ないよ。事故に遭《あ》ったらどうするんだよ」

「平気だよ」

「私はお兄ちゃんじゃない。車ってすごいスピードで避《よ》けるヒマなんてないんだから」

「私はお兄ちゃんよりかはしっかりしてるから大丈夫なの。それより、悠花ちゃんにやっと会えてよかった」

うれしそうに言ったあと、知登世ちゃんはランドセルを背負った。

「え、もう帰るのか？」

きょとんとする大雅に、知登世ちゃんはうなずいた。

「お母さんに黙って来たから、滞在予定は三十分だったの。あ、ひとりでここに来たことは内緒だからね」

「それはいいけど、駅まで送るよ」

「目の前にバス停があるのに？　防犯ブザーが鳴ったら飛び出してきてくれればいいから。それに……」

と、知登世ちゃんがいたずらっぽい顔で私を見た。

「私がいたらお邪魔でしょうし」

「そ、そんなことないよ」

慌てて言う私に知登世ちゃんは近づくと耳打ちした。

「エッチなことはしちゃダメですからね」

「な……！」

「また引っ越してきたらゆっくりお話ししましょうね。では、失礼します」

仰々《ぎょうぎょう》しく礼をすると玄関に向かっていく。

大雅が「待ってて」と言い残し、慌てて追いかけていく。

どうしよう、ますます顔が熱い。

大雅はバス停まで送っているのだろうし、私も今のうちに帰ろう。

買ってきたものをテーブルに置き、玄関を出た。

階段の前まで進むと、ちょうど大雅が駆けあがってきたところだった。せっかくシャワーを浴びたのに、もう汗をかいちゃっている。

「え、もう帰るの？」

「茉莉に頼まれたものを持ってきただけだから」

「じゃあ、途中まで送るよ」

いいよ、と断る前に大雅は部屋のカギを閉めに行った。

……どうして素っ気なくしてしまうのだろう。

家でもクラスでも明るくて楽しい私でいることが自然だったのに、大雅の前だとうまく言葉になってくれない。何度も『ただの幼なじみなんだから』と自分に言い聞かせても、効果は日々薄れていくよう。

また高鳴る胸をごまかしつつ階段をおりた。

そんな自分が、少しかわいそうに思えた。


坂道をあがると、夕焼け公園の向こうに夕日が見えた。

どちらからともなく公園に足を踏み入れ、私たちはベンチに腰をおろす。

まるでそうすることが自然な行動のように思えた。

「風邪、大丈夫？」

やっと聞けた質問を、大雅は笑顔で受け止めてくれた。

「もうすっかりいいよ。月曜日からは学校に行けそう。はい、これ」

手渡されたのは少しぬるくなったスポーツドリンク。

「って、悠花が買ってきてくれたやつだけど。本当にありがとう」

「ううん」

夕日に目を向けたのは視線から逃げるため。

続く会話が思いつかず透明色のスポーツドリンクを飲めば、いつもより塩味を感じた。

「知登世に会ったのって初めてだよね？」

「うん」

「引っ越ししたあとすぐに産まれたから、悠花に会うのは初めてだもんね。よく話をしててさ、『いつか会いたい』って言ってたからちょうどよかった」

妹の話をする大雅の目がやさしい。

「なんか失礼なこと言われなかった？　知登世のやつ、いつもああなんだよ」

「全然。でも、すごくしっかりしてるよね」

会話を思い出し、少し笑ってしまう。

「こないだなんて、引っ越し業者に値切りの交渉を勝手にしてたみたいでさ。営業所の所長さんから『これ以上は勘弁してください』って電話があって発覚したんだよ。昔から家族の誰よりもしっかり者なんだけど、やりすぎなところがあって困ってるんだ」

そう言いながらもうれしそうに笑い、大雅は空を見た。

夕暮れはどんどん濃くなり、真上には夜の藍色《あいいろ》が広がっている。

あ、また星が光っている。いつも最初に光るあの星は、なんていう名前なのだろう。

「こういう日は、残念ながら雨星《あめぼし》は見られないんだよね」

「え、なに？　雨星？」

尋ねると、大雅はなにかに納得したようにうなずいた。

「昔の記憶がないんだもんね。僕ら、昔はよくここに座って雨星を探していたんだよ。お互い門限があって、探せる時間は短かったけど楽しかったなあ」

私のなかに残っていない記憶がある大雅。

そもそもどうして私は昔のことを覚えていないんだろう。

「雨星って星の名前のこと？　流星雨のことじゃないの？」

流星雨は、流星群が降るときによく使われる言葉だ。星が雨みたいになって夜空に流れることだと、流星群が来たときに耳にしたことがある。

「あー」

子どもみたいに口を大きく開けて笑う大雅が、首をかしげた。

「雨星ってのは僕が作った言葉なんだ。意味は、また一緒に見られるときが来たら教えてあげる」

あれ……。

雨星という単語を遠い記憶のなかで聞いたことがある気がした。

ふわりと浮かんだ記憶は、つかもうとするそばからバラバラに崩れていく。なんとか形にしようと記憶を覗き込んでみても、真っ暗な闇がぽっかり空いているだけ。

「心配しないで」

大雅の声に顔を向けた。

「昔のこと、無理して思い出さなくてもいいよ」

前も同じことを言ってくれた。でも……。

「大雅が引っ越してきて改めて、私には昔の記憶があんまりないんだ、って思ったの。ひょっとしたらずっとコンプレックスだったのかもしれない」

特に大雅の記憶はすっぽりと抜けている。茉莉にもバレてしまったし、ちゃんと思い出したい。

大雅は立ちあがると、前方にある手すりに腰をおろしふり向いた。

「思い出すことで傷つくこともあるかもしれない」

どうして？と尋ねたいけれどやっぱり言葉は口から出てくれない。

「記憶を押しとどめているということは、思い出したくない理由があるのかもしれないから」

大雅の言うことはもっともな気がした。

自らの意思で忘れた記憶なのだとしたら……。そう考えると急に怖くなってくる。

なのに、

「大丈夫だよ」

と、大雅が笑うから、それだけで胸が少し軽くなる。

たったひと言で元気にしてくれる魔法使いみたい。

「僕がそのときは守ってあげる」

「え……あ、うん」

照れたように空に目をやる大雅に、私は目を閉じた。

もう認めよう。

私は……大雅に恋をしているんだ。

【第三章】探し星

お母さんはお箸をパタンと落とし、お父さんは飲みかけの缶ビールをくしゃりとつぶした。


今日、予告どおりに大雅は登校してきた。

すっかり大雅はクラスになじみ、私はあいかわらず彼のことを思い出せずにいる。

見るたびに鼓動が速くなり、同時に罪悪感も生まれている。

そう、つまり幸せなのに苦しいという状態が続いている。

明日は土曜日で大雅に会えない。会えないと思うと、もっと会いたくなる。

いつの間にか、大雅中心になっている生活さえも幸せで切ない。

もっと話をするためには、大雅のことをちゃんと思い出したい。昔から大雅を知っているであろう両親に話を聞いてみることにしたのは、いいアイデアだっただろう。

それなのに――。

意を決し、大雅が転入してきたことを伝えたところ、ふたりはビデオの一時停止を押したみたいに固まってしまったのだ。

眉をひそめる私に、先に動いたのは斜め前に座るお母さんだった。

「大雅、って……山本大雅くんのこと？」

「そう。今は違う家だけど、小学三年生まではこのあたりに住んでいたんだって。覚えてるでしょう？」

「ああ、そうね……」

平坦な声でつぶやくお母さんに違和感を覚えた。お父さんも缶ビールをテーブルに置くと口をへの字に結んでしまっている。

いつもにぎやかな夕食に、こんなふうに沈黙が続くのは初めてかもしれない。

「どうしたの。なんかふたりヘンだよ」

「そんなことないわよ。ただ、びっくりして……ねえ？」

お母さんが隣のお父さんに目線を送っている。「ん」と短く答えたお父さんは意味なく、缶ビールに記された文字を目で追っている。

「で、悠花は大雅くんのことを覚えてたのか？」

「それがね、正直に言うと覚えてないの。でもきっとこれから少しずつ――」

「悠花」

話を遮るように、お父さんが低い声で言った。

「あまり、大雅くんには関わらないほうがいい」

「……どういうこと？」

予想外の答えに驚いてしまう。てっきりなつかしんで、いろんな思い出話を聞かせてもらえると思っていたのに。

うううん、違う。大雅が転校してきたことをすぐにふたりに言うことができなかった。理由はわからないけれど、なぜか黙っていることにした。

それは……なぜだろう？

「ちゃんと説明してくれなくちゃわからないよ」

「悠花、お父さんの言うことを聞きなさい」

びっくりした。いつもは私の味方になってくれるお母さんまでそんなことを言うなんて。

「なに……？　だって私、全然覚えていないの。大雅がそばに住んでいたことも、一緒に遊んだことも、おじさんやおばさんの顔さえ思い出せないの。それって――」

「悠花！」

思わず、という感じでお母さんが大きな声をあげた。

ビクッと体が震える私に、お母さんは動揺したように首を横に振った。

「あの、ごめんなさい。怒るつもりはなかったの。本当にごめんなさい」

どうしたんだろう。こんなのいつものお母さんじゃない。不穏な空気がこの場所を支配している気がして、うまく息が吸えない。

「とにかく無理して思い出さなくてもいいってことよ」

とりつくろった笑みを浮かべるお母さん。大雅と同じセリフでも、思い出してほしくないと感じていることがリアルに伝わってくる。

「昔のアルバムがないのもそれが理由なの？」

大雅のお見舞いに行ったあと、押入れにあるはずのアルバムを探した。けれど、あるのは小学高学年からのものばかりで、幼少期のアルバムは見つからなかった。

「アルバムは荷物になるからおばあちゃんの家に預けてあるの。今度遊びに行ったら見せてもらったら？」

おばあちゃんの家は長崎《ながさき》県にある。わかったうえで、お母さんは言ってるのだろう。自分でもおかしいと思ったのか、お母さんは「あのね」と真剣な口調になった。

「悠花は忘れていると思うけれど、昔ね……あの子にひどいことをされたのよ。だから思い出してほしくないの」

「ひどいこと？　それってなに？」

「………」

お母さんの視線を受けたお父さんが首を横に振った。

「忘れているならそれでいい。もうあんな思いをさせたくないんだよ。お父さんとお母さんの言うことを聞いてほしい。あの子に近寄ってはダメだ」

ふたりしてもう大雅の名前も口にしなくなった。

「それよりシルバーウィークの話をしましょうよ。ほら、梨狩りに行こうって言ってたでしょう？　パンフレットもらってきたのよ」

いそいそとパンフレットを取り出すお母さんに、

「おお、いいね」

わざとらしくお父さんが歓声をあげている。

――大雅にひどいことをされた。

お父さんもお母さんも、その内容を知っている。

私が思い出せないのは、それがあまりにもショックだったからなの？

疑問が大きくなっていく。まるで入道雲のように厚く頭のなかを覆いつくしていく。

雷が発生したような頭痛が頭の奥で生まれた。

でも、これ以上ふたりには聞いてはいけない。

それだけは、たしかなこと。


「図書館なんて久しぶりなんだけど」

茉莉が大きな声で言うから、私は「シッ」と人差し指を当てる。

もうこれで何度目かの注意だ。

町はずれの山の中腹にある図書館は、私設図書館らしい。つまり個人が趣味で建てたもの。

あれから雨星についてスマホや図書館でも調べたけれど、どこを探しても載っていなかった。伸佳が人から、ここの私設図書館には星の本がたくさんある、という情報を入手したのが今朝のこと。

ふたりの部活が終わるのを待って、学校帰りにやってきたところだ。

頭痛は、まだ続いている。思い出そうとすると強くなる痛みは、記憶の扉を守る番人みたい。近づこうとすれば容赦《ようしゃ》なく頭を締めつけてくる。

あの日、大雅が口にした〝雨星〟のキーワードがずっと心に残っている。そこに記憶の扉を開けるヒントが隠されている気がして。

「大丈夫だよ。ここ、いつも人いないし。今だってあたしたちだけじゃん」

茉莉の言うとおり、館内にほかの客の姿はなかった。

星の書籍が置いてあるコーナーで、私たちは雨星について書いてある本を探している。

図書館にしては薄暗い館内は、館長の趣味なのか電気代の関係か。

「いや、マジ見つからねえ」

伸佳が小走りで駆けてきた。

「ちょっと走らないでよ」

「大丈夫。ここの館長さん、俺の母親の知り合いの知り合いだから」

「それって、もはや知らない人じゃん」

茉莉が的確なツッコミを入れる。

それにしてもこの図書館には、たしかにすごい数の宇宙に関係する本ばかりが並んでいる。

ボソボソ話をしながら指先で本のタイトルを追う。

「でもさあ」と茉莉が言った。

「雨星が大雅の作った言葉なら、そもそも調べてもわからないんじゃないの？　直接答えを教えてもらえばいいのに」

「そうなんだけど、雨星の言葉を聞いたときになにか思い出しそうになったんだよ。そこからたどっていけば記憶も戻る気がして……」

この数日、大雅は学校を休んでいる。

風邪は治ったものの、引っ越しの手伝いがあるらしい。明日からは来るそうだけれど、片想いをしている私には永遠と思えるほど会えない時間は長くて苦しい。

だったら、少しでも自分で思い出したくなったのだ。

「あ」

目の高さにある一冊の本が目に留まった。太い背表紙に見覚えがある気がした。

取り出してみると大判の図鑑くらいの大きさで、表にはクレヨンタッチのイラストが描かれている。

ふと、周りの空気が変わった気がした。見ると、茉莉と伸佳が顔をこわばらせていた。ふたりの目線は、私が持つ本に注がれている。

「え、この本のこと知ってるの？」

私の問いに、伸佳は「知らね」とひと言で返してくる。茉莉もなにもなかったかのようにほかの本の背表紙を見ている。

……あれ。

ふと疑問が生まれた。

ずっと一緒だったからわかること。ふたりはこの本を知っていて隠そうとしているって。

お父さんとお母さんと同じで、ふたりも大雅が私にしたことを知っているの？

急に不安になるけれど、尋ねてもふたりは答えてくれないだろう。だとしたら、悟られないようにしなくてはいけない。

本の置き場所を確認すると、なんでもなかったようにもとの位置に戻した。

「ひょっとしたら星の本とかじゃないのかもよ」

奥へ足を進める伸佳に「待って」と茉莉がついていく。私もあとを追いながら、頭のなかで順序だてて整理していく。

私には小学三年生までの記憶がない。親はそれをよしとしている。むしろ、私が思い出さないようにその話題を避けているくらいだ。

茉莉にも伸佳にもちゃんと言ってなかったけれど、もともと知っていたとしたなら、私の記憶がないことをみんなで隠していることになる。

それくらいの大きな事件が私に起きたの？　それは……どういう事件だったの？

『雨星が降る日に奇跡が起きるんだよ』

ふいに声が聞こえた気がしてふり返った。

幼い子どものような声。これは……昔、大雅が私に言った言葉？

さっきの本のあたりで聞こえた気がした。

……そんなわけないよね。

「悠花、もう帰ろうよ。調査はまた今度にしよう」

茉莉の声に「うん」とうなずいた。

もう一度ふり返るけれど、そこには薄暗い本棚が並んでいるだけだった。

ここのところずっと雨が降っている。

放課後になっても変わらない天気は、雨量に比例して私の気持ちを重くする。

こういうときはぼんやりしがちで、一旦帰途についたものの忘れ物を思い出して、教室に戻ってきたところ。

誰もいない教室は、雨が浸食しているみたいに重苦しい。きっと、私の心が反映されているのだろう。

自分の席に座り、ガラスに伝う雨を見た。流れて、ほかの雨粒と同化して、また離れていく。

大雅の席を見る。

最近はクラスで顔を合わせても、前より話す機会が減っている。登下校時は近くの席の人としゃべっていて、休み時間も男子グループのなかにいることが多い。

避けられているのかな……。

私の片想いが大雅に伝わってしまったのかもしれない。

恋の幸せな時期は過ぎ、今じゃ毎日苦しくなることのほうが多い。

思い出せることなんてなにもない。彼との思い出を失った私には、恋をする資格なんてないのかもしれない。

こんなネガティブな性格じゃないのに、最近の私はヘンだ。

「雨星……」

ガラスの向こうで降る雨につぶやいても、答えなんて出ない。

私が思い出すことを快く思っていない人たちがいるこの現状は、いったいなんなのだろう。

大雅が私にしたひどいことって、いったいなに？

ため息は雨の音に負けて、自分の耳にも届かない。

「雨星が降る日に奇跡が起きるんだよ」

この間聞こえた声を言葉にしてみる。

あれは昔、大雅が教えてくれた言葉なのかな。

ふん、と鼻から息を吐いて気持ちを奮い起こす。謎だらけの毎日に引きずられるように暗くなるなんて私らしくない。気持ちが雨に負けないようにしなくちゃ。

そうだよ。考えても答えの出ないことでウジウジするのはやめよう。

ガタッと音がして顔を向けると、

「あれ、悠花」

大雅が教室に入ってくるところだった。

驚く私に、大雅は自分の机のなかを漁《あさ》ると、教科書を一冊取り出し見せてきた。

「課題明日までだったの忘れてて取りに来たんだ。悠花は電気もつけずになにしてたの？」

あなたのことを考えていた、とは言えず肩をすくめた。

「私も同じ。すぐ帰ろうと思ったんだけど、雨が激しいから雨宿りしてたところ」

本当は家に帰りたくないから、という理由も大きい。

最近は食卓での会話もうまくできていない。

もっぱらお母さんが話題を提供し、それにみんなが乗っかっている状態。誰もが大雅の話を避けているのは明らかだった。

茉莉や伸佳も同じ。私たち四人の思い出話はせず、テレビとか芸能人の話ばかりを振ってくる。

「ねえ」と言いかけた口を閉じた。

こっちの席まで歩いてくる大雅に、どうやってごまかそうか考えて、やめた。いつもどおりの私でいればいいんだ。

伸佳の椅子にうしろ向きで腰をおろした大雅は、新しい環境にまだ慣れないのか、少し疲れた顔をしている。

「今日は雨星は見られないの？」

なにげなさを装って尋ねると、あっさりと大雅はうなずいた。

「だね。こういう日は、雨星は降らないね」

「あのね、大雅。私、やっぱりちゃんと教えてほしい」

「雨星のこと？」

「違う。大雅と私のこと。私はなにを忘れているの？」

大雅は答えずにじっと私を見てくるだけ。

みんなそう。肝心なことは言わず、遠巻きに私が思い出さないように見張っているみたい。

「きっと小学三年生のときになにかがあったんだよね？　だったらちゃんと教えてほしい」

「自分で思い出さなくちゃ意味がないんだ」

「ひどい」

なにに対しての言葉かわからないままつぶやいた。

いつもの笑顔は意識しても出てこなかった。不機嫌になった、というよりこれが本当の私にすら思えてしまう。

ひょっとしたら私は、家でも学校でも〝明るい私〟を演じていたのかな？　まさか、漫画じゃあるまいし、そんなに長い時間演じることなんてできない。

「やだなあ。思い出せない私も嫌だけど、みんなで隠し事をされているのがつらすぎる」

すねた顔をする私に、大雅はやさしくほほ笑んだ。

「大丈夫って言っただろ」

「まあ、ね」

ふと、目の前が翳《かげ》ったと思ったら、頭の上に大雅の大きな手があった。

「もっと自分のことを信じてあげて。記憶を閉じ込めたのは悠花自身の決断なんだから」

悲しい瞳に雨が映っているみたいに思えた。

「お母さんが言ってたの。昔、大雅は私にひどいことをした、って。それは本当のことなの？」

ふっと、置かれた手が離されると、ぬくもりも一緒に消えた。

大雅は苦しげに眉間にシワを寄せてから、うなずいた。

「僕が君を傷つけたことは本当のこと。そのせいでつらい思いをさせた」

——ザーッ。

雨の音がさっきよりもすぐ近くで聞こえた気がした。

私と一緒に空が泣いているみたい。

「私は平気。だって、今は傷ついてなんかいないから。大雅とまた会えたこと、すごくうれしく思ってるんだよ」

「僕もだよ」

「だったら教えて。いったい私たちになにが――」

「悠花のことが好きなんだ」

「……っ」

口をぽかんと開けたままの私に、大雅はさみしそうに笑うと立ちあがった。

「だからこそ傷つけたくないんだよ。二度も嫌われるのは耐えられそうもないから」

「大雅……」

今、大雅は私に告白をしたの？

もう雨の音も聞こえない。なにもわからない。

通学リュックを背負うと、大雅は言った。

「返事はいつか聞かせてくれればいいから」

「あ、うん……」

気づけばまたひとり教室に取り残されていた。

胸の鼓動音は、まるで雨のように激しくなっている。

【第四章】思い出星

学校を休んだのは仮病ではなかった。

雨に打たれて帰った日の夜に生まれた寒気は、あっという間に高熱をもたらした。

もうこれで三日も学校を休んでいることになる。

薄暗い天井を眺めて、たまに時計を見て、少し眠るのをくり返す。

もうすぐ夕方になろうという時刻。

思い出すのは彼の言葉ばかり。ううん、思い出そうとしなくても勝手に頭のなかで流れる映画みたい。

『悠花のことが好きなんだ』

そう、大雅は言ってくれた。

告白をされたことはあるけれど、なんの予告もなくされたのは初めて。

大雅は言っていたよね。私が記憶を閉じ込めている、って。それってどういう意味なのだろう。

この数日、ずっと同じことばかり悩んでいて、それに加え告白まで……。

「ああ、もうなんだかわからないよ」

枕に顔をうずめてつぶやいても誰も答えてなんてくれない。

私は……いったいどうすればいいのだろう。

——トントントン。

ノック音に続き部屋のドアが開いた。

「起きてる？」

お母さんが顔を覗かせた。

「うん」

「熱は？」

「さっきは三十八度くらいだった」

部屋に入ってきたお母さんがスポーツドリンクの二リットルサイズをサイドテーブルに置いた。

「これを夜までにぜんぶ飲むこと」

「さすがにそんな量は厳しいって」

「たくさん水分をとるのがいちばんなんだから。ほら、飲んでみて」

置いてあったコップに注ぐお母さんをなにげなく見る。

この間、言い争いみたいになってからお互いに大雅の話題は避けてきた。

これ以上話をすると、本当にケンカになってしまいそうだったから。

だけど……。

「大雅に告白されたの」

そう言うと同時に、お母さんはペットボトルを注ぐ手を止めた。そして、なにも聞かなかったように中途半端な量のスポーツドリンクが入ったコップを差し出してくる。

「聞いてる？　大雅に告白されたの。あと、忘れた記憶は自分で思い出すしかない、って言われた」

「そう」

どこかぼんやりした声で答えたお母さんが、意味もなく部屋を見渡す。

「お母さん」

「今は風邪を治すことだけ考えなさい」

さっきより低い声に、言うべきでなかったのかもと口を閉じた。

「お母さん、少し出かける用事があるの。夕飯までに帰れるとは思うけれど、お腹《なか》すいたらおにぎりが電子レンジのなかに入ってるから」

「……わかった」

ふらりと部屋を出ていこうとするお母さんが、躊躇《ちゅうちょ》したように足を止めた。

顔は前を向いたままで「悠花」と、私の名を呼んだ。

「お母さんもお父さんも、親だからこそあなたを心配してるのよ」

「うん」

「頼りないかもしれないけど、悠花が苦しいときは全力で助けたいって思ってる。それだけは忘れないで」

そう言うとお母さんは静かにドアを開け出ていった。

わけがわからないことばかり毎日起きている。

ベッドに横になったとたん、スマホが着信を知らせて震えた。

表示されているのは茉莉の名前。

「もしもし。もう学校終わったの？」

学校ではスマホの使用は禁じられている。家に帰ったにしては早すぎる時間だ。

自分からかけておいてなにも言わない茉莉に「ねえ」と続ける。

「どうしたの？　もしもーし。そもそも、茉莉、今日部活は――」

『……なんだって』

やっと聞こえた声は、茉莉らしくない小声だった。

「ごめん。なんて言ったの？」

スマホに耳を寄せて尋ねると、茉莉は震える声で言った。

『大雅、また転校することが決まったんだって』

――と。

どうやって電話を切ったのか、どうやって家を出たのかすら覚えていない。

気づくと私は、大雅の住むマンションの前にいた。

曇り空の下、マンションは大きな怪物みたいに私を見おろしている。

足がすくみ、寒気はさっきから私の手を細かく震えさせていた。

「大雅……」

もう一度、茉莉が言っていたことを頭のなかで思い出す。

ホームルームのとき、先生と一緒に前に立った大雅が、転校することを発表したそうだ。急な親の転勤で海外に行くことが決まった、と。

まだ引っ越してきて一か月くらいなのに、そんなことがあるの？

きっとなにかの間違いに決まっている。

サラリーマンが自動ドアから出てくるのと入れ違いになかに入った。エレベーターの〝2〟のボタンを押すと音もなく扉は閉まり、ふわりと体が浮くような感覚があった。

二階に着き、廊下に出るとさっきよりも寒気が強くなっている。

熱のせいでぼんやりする頭で、大雅の部屋へ向かう。インターフォンを押す前にドアが開き、知登世ちゃんが顔を出した。

「あ……」

つぶやく私に、知登世ちゃんは大きく目を見開くと、外に滑り出てドアを閉めた。

「悠花ちゃん、どうしたんですか？」

小声で尋ねる知登世ちゃんに、言葉を出そうとしたけれどその前に体がぶるりと大きく震えてしまった。

「お兄ちゃん、今日は帰ってこないんです」

「え……？　帰って、こない？」

「はい」とうなずいた知登世ちゃんはなぜかドアを気にするように視線を向けた。

「用事があるんです。学校のあとそのまま向かって、泊まってくるそうです」

ウソだ、と思った。大雅は部屋のなかにいるはず。

「転校するって本当のことなの？」

「はい。詳しい事情は言えませんが、いろいろありまして、今荷造りの最中なんです」

「そんなのおかしいよ……。だって引っ越してきたばかりじゃない。大雅はいるんでしょう？」

「いません」

かたくなな知登世ちゃんの目は左右に泳ぎ、あからさまに動揺している。

どうしよう。無理やりドアを開けたら、それこそ防犯ブザーを鳴らされてしまうかもしれない。

だけど、だけど……。

「会いたいの。大雅に会いたい。お願い、大雅に会わせて」

「だからここにはいないんです」

必死でドアの前に立ちふさがる知登世ちゃん。

「なにか……隠しているよね？　どうしてみんな私には内緒なの？」

ただ好きになっただけなのに、ただ恋をしただけなのに。

なぜ大雅との仲を引き裂こうとするの？

——ガチャ。

音がして内側からドアが開かれた。

「大雅」と言いかけた言葉を途中で呑み込んだ。出てきたのは大雅のお母さんだった。

なぜだろう、小学三年生で引っ越しをしたなら覚えていないはずなのに、すぐにおばさんの顔がわかった。長い髪をひとつに結び、前におろしているスタイルは見覚えがある。

私と知登世ちゃんの会話を聞いていたのだろう、おばさんは私を見ると、声には出さずに口のなかだけで「悠花ちゃん」とつぶやいた。

頭の奥がズキズキと痛い。熱にうなされた私が見ている悪夢のように思えてしまう。

「悠花ちゃん、大きくなったわね」

おばさんの声だ。忘れていない。あの日、おばさんは私に何度も謝っていた。

……あの日？　謝ってなんのことを？

頭痛がひどくなるなか、おばさんは知登世ちゃんをなかに入れると、静かに息を吐いた。

「本当に大雅はいないのよ」

「あの、私……」

喉がカラカラで続く言葉が出てこない。

「あの子の父親が急に海外転勤になってね。うちは昔から家族でついていくことになっているからどうしようもないの」

「転勤が決まったのは……いつのことですか？」

おばさんは迷ったようにしばらく黙ったあと、

「五日前のことなの」

さみしげに言った。

「そんな……」

だとしたら、大雅は引っ越しが決まったあと、私に告白したことになる。

返事はいつか聞かせてくれればいい、とそう言ってたのに……。

「本当にごめんなさい。本当に……」

おばさんの瞳が潤んでいる。どうして泣いているの？

ああ、私は泣いているおばさんを知っている。

小学三年生のころに、同じようにおばさんは私に泣いて謝っていた。

あの日になにかがあったんだ。

いったいなにが起きたのだろう。

「おばさん」

真冬みたいな寒さが体を覆いつくしている。また熱があがったのかもしれない。

「大雅はまだ学校に来るんですか？」

「今日で最後なの。この土日で引っ越しをしてすぐにアメリカに渡るのよ」

そんな急な話はきっと、ない。

告白をしてくれた大雅から連絡がないのもおかしい。

今、ここでなにもせずに帰ってはいけないと思った。

「大雅に伝えてもらっていいですか？」

「ええ」

「私、ちゃんと思い出すから、って。思い出したら絶対に会いに行くから、って」

アメリカでもどこでも私は会いに行く。

そして、ちゃんと告白の返事を伝えるんだ。

大きく頭を下げてから階段で一階へおりた。

外に出ると、ぼやける空には大きな月が浮かんでいる。

頭痛はいっそう強くなるようだ。


――夢を見た。

夢のなか、私は夕焼け公園で大雅と夕日を見ていた。

あまりにも赤くて大きい夕日は、私たちの影を長くひとつにしている。

声をかけると消えてしまいそうで、私は横顔をこっそり盗み見た。

よく見ると大雅の視線は夕日じゃなく、眼下にある町にあった。町案内でふたり歩いた交差点あたりをなつかしそうに見ている。

ふと、頭のなかに大雅のおばさんの顔が浮かんだ。

おばさんは泣いていた。必死で私に謝っている。これは……この間のことじゃない、もっと昔の話だ。

おばさんはなにを謝っているんだろう。

大丈夫だよ、私は平気。それより大雅と離れてしまうのがつらいの。

勝手にあふれてくる涙が世界を溶かしていく。隣の大雅の姿もうまく見えないよ。

「悠花、こっちだよ」

私の名前を呼ぶ、やわらかい声。

気づくとさっき大雅が眺めていた駅近くの歩道にいた。

なつかしい店がいくつもある。

大雅は私に構わず歩いていく。私はうしろを必死で追う。

ああ、この風景を遠い昔にも見たことがある。

大雅の足は速すぎて追いつけない。もっとそばにいたいのに、大雅が見えなくなっていく。

行かないで。行かないで。

手を伸ばしても大雅は離れていってしまう。もう影も見えない。

お願い、置いていかないで。大雅！


「あ……」

声を出すと同時に、ぐんと体が浮きあがった気がした。

目の前には、見慣れた天井がある。あんなに必死で走ったのに息も切れていない。

ああ、やっぱり夢だったんだ……。

ゆっくりベッドに起きあがると、体の節々は痛いけれど、熱はもうなさそう。

すごくリアルな夢だったな……。

スマホのカレンダーはあの日から二日経ったことを示している。

今日は日曜日。大雅はもうこの町にいないことになる。

記憶は不思議だ。大雅に再会するまでは、昔の記憶がないことはそれほど気にならなかった。幼いころは誰だってそういうものだと思っていたし、忘れていたって現在の生活には関係がない、って。

でも、今は違う。

私は……私は、自分のために強くなりたい。ちゃんと思い出したい。

スマホでＬＩＮＥを開き、迷うことなくメッセージを送った。


茉莉は部屋に入ってくるなり、もう泣きそうな顔になっている。

伸佳は珍しそうに部屋のなかを見渡しつつ、おっかなびっくり入ってきた。

「ごめんね、急に呼び出して」

普段着に着替え、身支度も整えている。ふらつきもなく、体はほとんど回復しているみたい。

ベッドに腰かける私の横に茉莉は座り、伸佳は絨毯《じゅうたん》の上であぐらをかいた。

「んだよ。俺、部活なんだけど」

憎まれ口をたたいていても、伸佳は普段どおりを演じている。

「体調はもういいの？」

茉莉だって、必死で普通の会話をしようとしている。

「うん。もうすっかり大丈夫」

「よかった。文化祭の担当決めが明日あるんだって」

「そうなんだ」

「一緒にやりたいよね。うちのクラス今年はなにやるんだろうね。ね、伸佳？」

視線を茉莉から伸佳に移すと、少し慌てたように口を開いた。

「あ、そうだよな。こないだまで夏休みだったのに早いよなあ」

緊張のせいか会話がかみ合っていない。そうだね、とうなずいてから大きく息を吐き出す。

「ふたりに聞いてもらいたいことがあるの」

「いいよ」「ああ」

覚悟してここに来たのだろう。ふたりとも同時にうなずいてくれた。

「私、いつもニコニコしてた。明るい自分を演じてたわけじゃないし、きっとそれが本当の私なんだと思う。でも、今は違う。必死でもがむしゃらでもいいから、ちゃんと思い出したいことがある。だから、今からする質問に答えてほしい」

ふたりして一緒に身を硬くしたのがわかる。長いつき合いだから、聞かれることは予想していたよね。

「私たちが小学三年生のときまで、大雅はこの町にいた。私たち四人はいつも一緒にいて、仲良しだった。そうだよね？」

伸佳が迷いながら茉莉に視線を逃がした。茉莉は私の目を見たまま小さくうなずく。

「でも私には、その記憶がない。なにかが起きたことによって、私は大雅のことを忘れるほどのショックを受けた。……違う？」

もう伸佳はうつむいてしまっている。茉莉が私の腕に自分の腕をからめた。

「ごめん。あたしたちからは言えないの」

「うちの親とかが口止めしてるんだよね。ふたりは口にはできない。でも、私は思い出したい。だから……ウソをついてもいいよ」

「どういうこと？」

不安げに眉をひそめる茉莉に少し笑ってみせた。

「何年のつき合いだと思ってるの。ふたりのウソやごまかしはすぐに見抜ける自信がある。だから、私の話を聞いてなにか反応してくれるだけでいいから」

「なんだそれ。俺はウソなんてつかねーし」

あきれ顔の伸佳に「へえ」とおどけてみせた。

「伸佳さ、大雅が転入してきてすぐのころに町案内してって頼んできたとき、部活があるって言ってたけどあれ、ウソだよね？」

「げ」

「茉莉だってそう。私と大雅をふたりきりにさせたがってた」

ふてくされた顔でそっぽを向く伸佳とは違い、茉莉はホッとしたような顔になった。

茉莉はやさしいから、私にウソをつきたくなかったんだよね……。

「伸佳、大雅は本当に私の幼なじみなんだよね？」

「当たり前だろ」

これは、本当のことだろう。

「茉莉、大雅がまた転校するってことは最初から知ってたの？」

「ううん、あたしたちも知らなかったからすごく驚いてる」

これも、本当のこと。こうして話をしていると、少しずつ見えてくるものがあった。

ひょっとして大雅が私にしたひどいことというのは、私のためを思ってしたことかもしれない。じゃあ、それはどんなことなんだろう……。

「あのね、悠花……」

茉莉が迷いながら口にする。

「あたしも伸佳も、悠花と大雅がうまくいってほしいと思ってた。昔からあたしたちは仲良し四人組だったけど、悠花と大雅は特に仲がよかったから」

「そうそう」と仲佳は両腕を組んだ。

「でも、やっぱり悠花は大雅のことを忘れたままだったろ？　だから、俺たち相談したんだよ。なあ？」

「うん。思い出さないほうがいいよね、って話し合ったの」

大雅が転入してきたとき、ふたりは私の記憶が戻ることを望んだ。でも、ヒントや思い出話をしても思い出せない私にふたりは……ううん、大雅を含めた三人は、無理に記憶を取り戻させようとするのではなく、新しい思い出を作ることを選んだんだ。

「図書館でのことは？　私が見つけた本に、ふたりとも固まっていたでしょう？」

茉莉が「ああ」と頬を膨らませた。

「やっぱりバレてたか」

「あの本はよく大雅と悠花が読んでた本だろ？　でも、そのことを言うとせっかくの作戦が無駄になるかもしれないし」

仲佳はそう言うと、まっすぐに私を見つめてきた。

「もう過去のことは思い出さないほうがいいと思う」

「それは私が思い出すと混乱してしまうから？　きっと、それほどの大きなことがあったんだよね？」

「…………」

隣の茉莉はしおれた花みたいにうなだれてしまっている。きっと、ふたりは自分から口にはしないだろう。

大雅の転校が決まった今、新しい思い出はもう刻まれることはない。だったら、私が思い出すしかないんだ。

「大雅に告白をされたの」

「え……」

茉莉が驚いた顔をした。

「返事はいつでもいい、って言ってくれた。なのに、もう大雅はいない。保留にしたままで、挨拶もなしにいなくなるなんてありえないよ。大雅はそんな人じゃないと思う」

ふと、昨日の夢の光景が頭に浮かんだ。

夢のなかで私は、昔も同じ体験をしたことがあることに気づいた。

「夢を見たの。私は大雅と一緒にいた。だけど、駅前に来ると急に大雅が走っていってしまうの」

伸佳がハッと顔をあげた。口を開きかけて、すぐにギュッと閉じてしまう。

——間違いない。

大雅が走るうしろ姿が、高校生のそれから幼い姿に変わる。揺れるランドセル、夏のにおい。

ぐらんと世界が揺れた気がした。

そうだ……あのとき、私は――。

「悠花！」

急に茉莉が私の腕をつかんだ。瞳にいっぱいに涙を浮かべている。

「あたしたちだって本当は思い出してほしい。だけど、また悠花が悲しみに暮れるのは見たくないよ」

「茉莉……」

嫌な予感が胸を浸している。

記憶の扉が今にも開きそうになっているのがわかった。

茉莉の手をギュッと握った。

「私は大丈夫。それよりも、ちゃんと思い出したい。どんなにつらいことがあったとしても、受け止めたいの」

茉莉が伸佳を見た。伸佳は「んー」とうなり声をあげていたけれど、やがて立ちあがった。

「悠花が記憶を取り戻したいならつき合うとするか」

「ちょっと！」

反対する茉莉に、伸佳はやさしい目で膝を曲げた。

「茉莉の気持ちはわかるけど、記憶がないのってつらいんだろ？　悠花はもう思い出しかけている。また混乱したら、俺たちがそばにいて支えてやるよ」

ゆるゆると私を見る茉莉の頬に涙がこぼれていた。

「茉莉、もしものときはそばにいて」

そう言うと、やっと茉莉はうなずいてくれた。


夕焼け公園に人の姿はなく、閑散としていた。

「うわ、めっちゃ久々に来たわ」

テンションのあがる伸佳を置いて、私はいつものベンチに茉莉と座った。

午後の太陽は傾きを大きくし、いつもならあと少しで夕焼けが空に広がるのだろう。

けれど、上空は厚い黒雲が覆っている。

ふいに雨星のことを思い出した。

「雨星が降る日に奇跡が起きるんだよ」

そっとつぶやくと、隣の茉莉がビクッと体を震わせた。

雨星は、大雅の作った言葉だと聞いた。

私たちはここに座って、よく雨星を探していたとも聞いた。ひょっとしたら、あの本をよく読んでいたというのも、この場所でのことかもしれない。

空に目をやると、太陽から生まれた赤い光がにじんで広がっていく。

こんな不安定な天気でも夕焼けって出るんだな……。

伸佳はどうしたのだろう、とあたりを見ると、木にもたれかかって駅前あたりをぼんやり眺めている。隣の茉莉も同じように……。

——なにかを見つけて走り出す背中。

——揺れるランドセル。

「あ……」

気づけば立ちあがっていた。

「悠花？」

「あの日もこんな天気だった。夕焼けが出ているのに空は雲が覆っていて……そう、雨が降りだしたの」

学校帰り、ここで大雅と座っていた。そのときに、彼が突然叫んだんだ。

『雨星だ！』って。

なんのことかわからずに私は追いかけて、それから……。

ズキンと頭がきしんだ。頭痛が最後の砦《とりで》のように立ちふさがっている。

それでも、私は――思い出したい！

「私、行かなくちゃ」

駅前に行けばなにかがわかるはず。きっと、大雅を案内した場所あたりだ。

歩き出そうとする私の前に、伸佳が立ちふさがった。

反対するのかと思ったら、私と同じ方向に歩き出す。反対側には茉莉もいる。

「〝私〟、じゃなくて〝俺たち〟な。みんなで行かないと」

「そうそう。あたしだって仲間なんだからね」

軽い口調だけれど、決心にも似た思いがあるのが伝わってくる。

きっと、核心に近いところまで来ているんだ。

「ありがとう。みんなで行こう」

そう言うと同時に、空から雨が降りだした。

【第五章】雨星

――大雅はいつも雨星を探していた。

口ぐせのように『雨星が降る日に奇跡が起きるんだよ』と言っていた。

雨星の意味がわからなかった私にはどんな奇跡が起きるのかもわからなかったけれど、大雅は本気で信じていた。

図書館で借りたという本に載っていたそうだけれど、私は見たことがなかった。

いつもいつも、私たちは夕焼け公園で雨星を探した。

茉莉と伸佳も最初はつき合ってくれていたけれど、門限の早いふたりは夕暮れがはじまる前に帰ることが多かった。

あれは小学三年生の夏のこと。その日はおかしな天気で、太陽は出ているのに雨雲が空を覆っていた。

町の際に夕焼けが広がるころ、雨が降りだした。

『もう帰ろうか』と言う私に、大雅は駅前を指さした。そして宝物を見つけたかのように目をキラキラ輝かせたと思ったら、ダッシュで走り出してしまった。

必死で追いかけ、私たちは駅前の交差点に――。

「大丈夫？」

茉莉に声をかけられ、ハッと我に返った。

まるで白昼夢を見たみたい。ぼんやりする視界に焦点を合わせると、雨の町にカサが咲きはじめている。アスファルトには模様のように雨のシミが生まれていた。

「昔の記憶がどんどんよみがえってるみたい。私、大雅を追ってここまで来たんだよ」

あのころはこんなに広い歩道もなく、交差点だって古ぼけていた。

けれど、あの日私たちはたしかにここに来た。

「大雅がね、私をふり返ってうれしそうに言ったの。『ほら、これが雨星だよ』って。でも、私にはわからなかった。ただ、雨が降っているようにしか思えなくて、でもうなずいた。だってあんまりにもうれしそうだったから」

伸佳が横断歩道の前でふり向くのを見て、大きく胸が跳ねた。同時に頭痛が激しくなっている。思い出そうとする自分を必死で食い止めているみたい。

でも、それでも……私は思い出したい。このまま大雅がいなくなるなら、せめて彼との思い出を取り戻したい！

ギュッと目をつむると、ふいに周りの空気が変わった気がした。

頬に当たる雨が、さっきより冷たく感じられる。そっと目を開けると、今よりも古ぼけた街角に立っていた。信号機も町も、雨で色を流されたようにグレーに沈んでいる。

目の前に――あの日の大雅が立っていた。

「ほら、これが雨星だよ」

無邪気な笑顔で空を指さすと、ランドセルも一緒に揺れている。

これはさっき見た幻想の続きなの？

でも、降る雨粒も吹きつける風も、まるで現実のようにリアルだ。

「大雅……」

「見えない？　これだよ、これ！　奇跡が起きるかな。僕、会いたい人がいるんだ」

そうだった。彼には会いたい人がいるんだった。大雅が指す空には夕焼けがあって、向こう側には雨雲がまだある。

「会いたい人って誰のこと？」

あの日と同じことを尋ねる私の声もまた幼かった。

大雅は「もう」と唇を尖《とが》らせた。

「お父さんだよ。あの本に書いてあった奇跡って、きっとお父さんに会えることなんだ」

空から雨が降ってくる。私には雨星の意味がわからない。

そんな私にしびれを切らしたのか、大雅はなにかを探すようにあたりを見渡している。

やがて、彼は交差点の向こうに目をやった。

「お父さん？」

そうつぶやく口元。

向こう側の歩道にカサをさしたサラリーマンが歩いている。

「違うよ」

「ううん、お父さんだよ」

けれど、大雅はその人が本当のお父さんだと信じて疑わない。

「お父さん！」

叫んで駆け出す大雅の姿がスローモーションになる。足元で雨がゆっくり跳ねている。

横断歩道がくすんだ赤色の光を放っている。

「危ない！」

横断歩道に足を踏み入れた大雅の手を必死で引っ張る。

――ブブブブ！

すごい音にふり返ると、大きな車が私たちを襲おうとしていた。

とっさに大雅を突き飛ばすと同時に、腰のあたりにひどい痛みが生まれた。

私の体はあっけなく転がり、アスファルトにたたきつけられる。歩道でしりもちをついた大雅が大きく目を見開いていた。

……よかった。大雅が無事でよかった。

目を閉じれば、痛みはすっと遠ざかり、抗えない眠気が私を襲った。


気づくと、私は歩道に座り込んでいた。

茉莉が私を抱きしめている。

「あ……」

大きく息を吐き周りを見渡すと、あの日の光景は消えていた。

「ごめん。大丈夫だよ……」

立ちあがろうとする私の手を、伸佳が引っ張ってくれた。立ちあがってもなお、体の震えが止まらない。

そうだったんだ……。

「ぜんぶ、思い出したよ」

交差点を見ると、青信号にカサの群れが行き交っている。

「あの日、私は大雅が車に轢《ひ》かれそうになるのを助けたんだね」

静かにうなずく茉莉に、

「私は……ひょっとして幽霊なの？」

と聞いた。

大雅を助けたことで私は死んでしまって、今もこのあたりをさまよっているの？

けれど、茉莉は「ブッ」とこらえきれないように噴き出した。

「急にヘンなこと言わないでよ。そんなわけないじゃん」

「じゃあ、大雅が幽霊？」

「しっかりしろ」と、伸佳に頭を軽くたたかれた。

「あのとき、悠花は大雅を助けて大ケガをしたんだよ。それが原因で長く入院することになった。俺たち、めっちゃ心配したんだからな」

「入院……」

ああ、そっか。だから大雅のおばさんは私に何度も謝っていたんだ。あの記憶は、おばさんが病院にやってきたときのものだったんだ。

「私はそのときに記憶を失ったの？」

ふたりが答えなくてもわかること。頭を打った私は、それ以前の記憶をぜんぶ手放した。

あのころ、周りの人すべてが誰が誰なのかわからなくなったことを思い出した。お母さんの顔さえわからずに、ひどく取り乱したことも。

「そうだ……。私、大雅が病室に来たときに聞いたの。『あなたは誰?』って」

大雅の傷ついた顔がリアルに思い出せた。青ざめてあとずさりする大雅のうしろで、
おばさんは声をあげて泣いていた。

「大雅が引っ越しをしたのは私のせいだったんだね」

「違うよ」

と、茉莉は悲しく言った。

「大雅は悠花のおかげで命拾いをしたんだから」

大雅が引っ越しをして、彼の記憶は本当に消えてしまった。

私はみんなのことを思い出そうと必死だった。私が笑顔になるとみんなよろこんだから、無理して笑うようになっていった。明るい自分を演じているうちに、だんだんとそれが本当の私になっていった。

結局、昔の記憶は断片的にしか思い出せず、新たにみんなのことを少しずつ覚えていった。

この人はお母さん、明るくてやさしい。この人が茉莉、幼なじみの親友というふうに。もちろん笑顔を顔に引っつけたままで。

そのうち、つらい思い出を封じ込めるみたいに、事故に遭ったことも記憶を失った

なくなった。

ことも忘れてしまった。周りのみんなも忘れたほうが私のためだと、なにも言わなくなった。

お父さんやお母さんは、特にそうだろう。やっと普通になった私を大切にしてきたからこそ、大雅が引っ越してきたことを知ってあんなに動揺していたんだ……。

ひどい頭痛はもう、ない。

むしろ、記憶がすべてもとの位置に戻り、すっきりした気さえしている。

「ありがとう。ふたりのおかげで思い出せたよ」

茉莉も涙をこぼしてうなずいてくれている。伸佳は、と見ると、なぜか私のうしろを指さしている。

「あとは本人に直接聞いて」

「え？」

ふり向くと、向こうから歩いてくるのは——大雅だった。

「俺様が呼び出してやったんだ。あとはふたりで話をするんだな」

「急におやじっぽい口調はやめなさい」

茉莉がクスクス笑ってから、私の手を握った。

「がんばってね」

「うん」

茉莉と伸佳は、大雅に笑いかけると、彼が来た道とは反対方向に歩いていった。

私の前までやってきた大雅は、前よりもひどく疲れた顔をしていた。

きっと、私と同じように悩んでいたんだね。

「大雅。ごめんね、やっと思い出せたよ」

「そう」

少しやせた大雅は目を伏せた。

赤く染まりゆくこの場所に、まだ雨が降っている。世界の半分が雨で、半分が夕焼けという不思議な天気だ。

空にはやっぱり、星は見えない。

私が事故に遭ってからずっと傷ついてきた大雅。私の幼なじみの大雅。私が忘れてしまった大雅――。

「ごめんなさい。私のせいで、大雅をいっぱい傷つけたんだね」

「僕のほうこそごめん。奇跡なんてないのに、雨星のことを信じてしまったんだ。そのせいで悠花の記憶を奪ってしまった」

あの事故のあと、私は大雅のことを忘れて生きてきた。逆に大雅はずっと罪悪感を抱えて生きてきたんだ。

「雨星は――」

空を見てももう夕焼けは見えなかった。それでも、私は言う。

「雨星は、あの日奇跡を起こしてくれたんだよ。記憶と引き換えに大雅を救えたのなら、本当によかったと思うから」

「ああ……」

うなだれる大雅の手を握るのに迷いはなかった。

「今、すごく幸せな気持ちなの。だから大丈夫、きっとこれでよかったんだよ」

私よりも背が高い大雅が、上目遣いで見てくる。こういうところ、昔と変わってないな……。

「もう一度、会いに来てくれてありがとう」

「僕こそ、ありがとう」

少し笑ってから私たちは雨の町を歩き出す。会話はなくても、お互いを大切に思う気持ちは変わらない。

そう、これが私たちのはじまりなのだから。

歩道はたくさんの人が歩いていて、カサに当たらないよう車道側を縦になって進む。

「大雅、引っ越しをする話はこれでなくなるんだよね?」

これからはずっとそばにいられる。告白の返事もきちんとしよう。

大きな背中に問うと、大雅は足を止めてふり向いた。

「ごめん。それは……変わらないんだ」

「え……」

「どうしても行かなくちゃいけなくて。だけどまた会えるよ」

やさしくほほ笑む大雅に、さっき消えたと思った頭痛が大きな塊《かたまり》になって襲ってきた。

「なんで……」

引っ越しの話もウソだと思っていたのに、違うの？

口にしながらこめかみを押さえる。強くなりすぎた頭痛がめまいに変わっている。

ぼやけた視界に大雅がいる。なにか説明してくれているけれど、どの言葉も頭に入ってこない。

ズキン。

痛い、痛いよ――。

ひときわ大きな痛みとともに、足元から力が抜け、よろけるように左へ足を踏み出す。そのまま自分が倒れるのをどこか遠くで見ている気分。

水しぶきが手に、顔に、頬にかかり、アスファルトのにおいが鼻を覆った。

雨が容赦なく攻撃しているなか、

「悠花！」

大雅の声が聞こえる。

ああ、車道に倒れ込んだんだ。体を起こそうとしても力が入らないよ。

大雅の靴が、薄くなる世界のなかで見えた。その向こうに光っているものはなに？

強い力で大雅に腕を引っ張られる。

——ギギギギギギギ。

悲鳴のようなブレーキ音、大きな塊が視界いっぱいに広がった。

それが車だとわかったときには、怪物のような光が私を捕らえていた。

強く押され、歩道に倒れ込むと同時に爆発するような音が響き渡る。

ガラスの割れる音、悲鳴、横断歩道が鳴らす音楽。かぶせるように雨の音がひときわ大きく耳に届いた。

——どれくらい時間が過ぎたのだろう。

私の周りで雨音が騒いでいる。目を開けたくても体が動いてくれない。

「誰か救急車を呼んで！」

知らない誰かの声が聞こえる。

「動かさないほうがいい。それより車を——」

「早くしないと——」

雨がうるさくて声がうまく聞こえないよ。

必死で目を開けると、歩道の上で雨が踊り狂っていた。見てはいけないよ、と教えるかのように顔に絶え間なく降り注いでくる。

その向こうになにかが見える。

壁にぶつかりひしゃげた車から靄《もや》のような煙が立ち込めている。

「大…雅……」

近寄ろうとして、くしゃりと体がアスファルトに崩れた。

車の下になにか、見える。

流れてくる雨が赤色に染まっていた。

「ウソ……」

必死で首を振ると、見知らぬ人が私の体を起こしてくれた。なにか尋ねてくるけれど、車の向こう側から目が離せない。

大雅、大雅！

こんなのないよ。どうして大雅が事故に遭うの⁉

声にならない言葉を発し、這《は》ったまま大雅のそばへ行こうとしたときだった。

ふいに周りが明るくなった気がした。

見ると、上空からはまだ雨が降っているのに、空には夕焼けが広がっていた。天気雨のような不思議な空の下、数人の人が車を移動させようとしている。

大雅は言っていたはず、雨星は奇跡を……。

もう一度空を見た私は、そのときたしかに雨星を見た気がした。雨星が消える前に両手を握りギュッと目をつむる。

「神様、大雅を助けて。お願いだから、大雅を連れていかないで」

大雅が助かるなら何度でも願うよ。

救急車のサイレンが近づいても、車がどけられても、ずっと私は祈り続けた。

教室で今日も空を眺めている。薄曇りの空からは、線の細い雨が続いている。

あれから一か月が過ぎ、冬服にも慣れた。

「ほら、ちゃんとお弁当食べないと」

茉莉が私のお弁当箱を指さすのをぼんやりと見て、うなずいた。

「大雅のおばさんから連絡は来たの？」

「ううん……」

「じゃあしっかりしなきゃ。今、悠花が倒れたらそれこそ大変でしょ」

茉莉はやさしい。茉莉だけじゃなく、クラスのみんなが笑わなくなった私を心配してくれた。

——私をかばって大雅は事故に遭った。

その事実は、毎日毎秒私を苦しめている。

なんであのとき車道に倒れ込んでしまったのだろう。なぜ、大雅をもう一度救えなかったのだろう。

大雅の容態はよくないと聞いている。

頭をひどく打っていて、今も意識が戻らないと……。

事故のあと、雨星に願った記憶は残っている。けれど、今思い返しても、雨星がどんなものだったのかはなにも思い出せなかった。

卵焼きを食べても味はしない。まるで空気を食べているみたいな気分になる。

私の膝に巻かれていた包帯も取れ、腕の擦り傷もかさぶたになった。

それでも、大雅は戻ってこない。しびれた頭では、まだあの日の雨が降っているみたい。

「悠花」

名前を呼ばれた気がして顔をあげると、いつの間にか茉莉が私の左手に自分の手を重ねていた。

「元気出して、なんて言わないから安心して。一緒に悲しもう。そして、無事を願おう」

「茉莉……」

「そんな顔しないの。悲しみって連鎖するんだよ。悠花が大雅の無事を信じないでどうするのよ」

うなずくと、少しだけ気持ちが明るくなった気がした。

本当なら毎日でも大雅の様子を見に行きたい。コロナのせいで病棟に行けないことも知っている。それでも、無理やりにでも大雅に会いに行きたかった。

でも、私にはそんな資格がない。

私が事故に遭ったときとは状況が違う。だって、大雅は今も意識が戻らないのだから。

病院に行けない理由はもうひとつある。大雅のことばかり考えている日々のなかで気づいたこと。それは予想というより予感に近い感覚だった。

希望と悲しみは波のように行ったり来たり。それでも……茉莉の言うように無事を信じたい。

「そうだよね。私がしっかりしなきゃ」

「その調子。あたしがいるからね」

元気づけながら茉莉の瞳には涙がいっぱい溜《た》まっている。明るい私でも、ダメな私でも茉莉は受け入れてくれている。

バタバタという足音と一緒に、伸佳が勢いよく教室に飛び込んできた。右手にスマホを持ち、私を見て目を見開いている。

ドキンと大きく胸が跳ねた。

まっすぐ近づいてきた伸佳は、泣き笑いみたいな表情を浮かべている。

そばまで来ると、私と茉莉にだけ聞こえる声で言った。

「今、大雅が目を覚ましたって」

「ああ……」

この一か月間こらえていた涙は、簡単に頬に流れ落ちた。


病院の待合室は空《す》いていた。

窓から入る日差しが、フロアに模様をつけているみたい。エレベーターへ急ぐ私の耳に届くアナウンスはまるで暗号みたい。

とにかく早く大雅に会いたかった。

おばさんが連絡してくれていたのだろう、エレベーター前に立っている看護師さんに名前を告げると、「五階の五〇三号室です」と教えてくれた。

五階に着き、部屋番号の案内ボードを見て歩き出す。

「悠花ちゃん」

廊下の向こうから大雅のおばさんが歩いてきた。

「おばさん……」

「突然呼び出してごめんなさいね」

「私のほうこそ申し訳ありません。私のせいで大雅が……」

おばさんはやさしく首を横に振った。

「さっき目が覚めてね。すっかり元気なんだけど、骨折した足がかなり痛いみたい」

「……すみません」

頭を下げようとする私の手をおばさんが握った。

「もう謝罪は終わり。電話でも散々聞いたじゃない。それに、あの子、すごくうれしそうよ。『今度は僕が助けたんだ』って、まるでヒーローみたいに胸を張ってるの」

うなずく私に、おばさんはやわらかい目を花束に向けた。学校まで迎えに来てくれたお母さんが持たせてくれた花束だ。

「すごくキレイね。ありがとう」

「いえ……」

「私は先生に話を聞きに行くところなの。骨折さえ治ればとりあえず退院できるんですって。早く会ってあげて」

頭を下げて歩き出す。数歩進んだところで「悠花ちゃん」とおばさんが私を呼び止めた。

ふり向くと、おばさんはなぜか躊躇するように一歩あとずさりをした。

どうしたのだろう。さっきの笑顔もなく、悲壮感がおばさんを包んでいるように見えた。

「あの、ね……。ううん、なんでもないの。ごめんなさい」

足早に去っていくおばさんは、なにを言いたかったのだろう。

ひょっとしたら大雅は、顔に傷を負ったのかもしれない。それとも、あの日の私のように記憶をなくしてしまったとか……。

それでも、私が見たかもしれない雨星が大雅を助けてくれたんだ。

気弱になる自分を戒《いまし》め、ドアをノックした。

「はい」

大雅の声にホッと胸をなでおろしてドアを開ける。

まぶしい日差しが降り注ぐ部屋の中央にあるベッドの上に、大雅がいた。

左足にギプスが巻かれていて、ベッドに固定されている。

「ちょっと花、多すぎるんじゃない？」

にこやかに笑う顔に、もう私の視界はゆがんでいた。

大雅が無事だったこと、記憶を取り戻せたこと、たくさん苦しめたこと。ぜんぶが感情になり、涙になって頬にこぼれた。

「泣かないで」

「ごめん。ホッとしちゃって……。あの、本当にごめんなさい」

頭を下げる私の手をつかむと、大雅はそばにあった丸椅子に私を座らせた。

「泣かないで」

「でも……頭を打ったって聞いたし、ずっと意識もなかったんだよね？　しゃべって て平気？」

「大丈夫だって。ケガだって大したことないし」

「だけど、だけど……」

くしゃくしゃになりそうな花束を床頭台に置く。

「それより悠花の記憶が戻ったことがうれしくて悲しい」

「……どうして悲しいの？」

洟《はな》をすすりながら尋ねると、大雅は照れたようにうつむいた。

「だって、僕のせいで記憶をなくしちゃったから。今でも、いつでも、あのときのこ とを後悔しているんだ」

「私こそ、今回の事故のこと申し訳なくって……でも、よかった」

「うれしくて悲しくて申し訳なくてよかった、って、僕たちの感情はバラバラになっ てるね」

大雅が握る手に力を入れるのがわかる。

そうだよね。私たちは生きていて、これからはずっとそばにいられる。

退院したらこれからは一緒にいられるんだよね。

けれど、

「離れてもお互いのことを心配し合おう」

大雅がそんなことを言うから、私は悲しみに支配されてしまう。同時に、この数日疑問に思っていたことがムクムクと入道雲のように大きくなっていく。

「……離れても？」

つぶやくような質問に大雅は首を横に振った。

「父親が海外に転勤になってね。家族一緒についていくのがルールだから。知登世もずいぶん怒ってたけど、しょうがないんだよ」

記憶が戻ればすべて解決すると思っていた。

けれど、そうじゃなかった。

今、心がクリアになっているのが自分でもわかる。いくつも覆っていたフィルターが外れた視界では、幼なじみのウソなんて簡単に見抜いてしまう。

——ウソをつくということは、大事なことを隠している証拠。

今日は、隠された真実を知る最初で最後のチャンスだと思ってここに来た。

「パラドックスって知ってる？」

急カーブで話題を変える私に、大雅は目を丸くした。

「なにそれ」

「見かけ上と、実際が違うことをパラドックスって言うんだって。私、思ったの。私たちの恋って、パラドックスな恋だな、って」

「パラドックスな恋……」

くり返す大雅に椅子ごと近づくと、あっけなく視線は逸《そ》らされてしまった。

「記憶が戻ってから、ずっと大雅のことばかり考えてる。そのなかで、不思議に思うことがあったの」

そう、病院に来ることが怖かったのは、私なりの結論が正しいと認めたくなかったのも原因のひとつだった。

「私の事故にショックを受けて小学三年生のときに家族で引っ越しをしたんだよね？それなのにどうして今、この町に戻ってきたの？」

「それは……」

言い淀《よど》む大雅に、お願いだから悪い予感が当たらないようにと願う。

「同じ町に戻ってくるだけじゃなく、私のいる高校の編入試験をわざわざ受けたんだよね。そんな偶然、あるの？」

「…………」

「きっと」と口にして、声のトーンが暗くなっていることに気づいた。

「茉莉や伸佳が教えたんだと思う。私と同じ高校に入ることに意味があったんだよね？」

どうしよう。また視界が潤んできている。

でも私は……もうこの理不尽な毎日に負けたくない。大きく深呼吸をして自分を奮い立たせた。

困った顔の大雅が、ふうと息を吐いた。

「さっきも言ったけど、父親の転勤で戻ってきたんだよ。高校なんてたくさんあるわけじゃないし、偶然だよ」

昔からウソをつくのが下手だったよね。

「思い出したの。大雅のお父さんは、小学二年生のときに亡くなっていることを。だからあの日、大雅は雨星にもう一度お父さんに会えるように、って願ったんだよね？」

「……それは」

「亡くなってしまったお父さんが転勤するなんてこと、ありえないと思う」

「ああ……」

ため息のような声を漏らす大雅の手を握った。あたたかくて大きな手に願いをこめた。

閉ざしてしまいそうな心をどうか私に開いてほしい。

今、私は私の結論を言葉にする。

「大雅……病気なんだよね？」

大雅の顔や肩、腕から力が抜けていくのがわかる。

唇をかみしめた大雅が何度も首を横に振り、そして疲れたように目を閉じた。

やっぱりそうなんだ……。

「どう、して、わかったの？」

区切った言葉のあと、大雅は窓の外に目を向けている。

「どうしてだろう。記憶が戻った瞬間、体ぜんぶで理解した感じがする。大雅は私の記憶を取り戻しに来てくれた。それは、もうすぐ自分がいなくなるからだ、って……」

きっと、茉莉や伸佳は、大雅の病気のことは知らないだろう。昔から大雅はこっそりと大きな計画を実行するところがあったから。

記憶の戻らない私に、大雅は計画を変更した。ふたりの新しい思い出を作ることにしたんだ。茉莉や伸佳もそれに倣《なら》って、昔の話をしなくなった。

おばさんや知登世ちゃんも協力をしているのだろう。こんな大きな計画に協力するのなら、その原因も大きなこと。それは、大雅の残り時間が少ないということ……。

「さすがだね。悠花は、人の本音がわかっちゃうところがあったからね」

うなずく大雅に私は今にも泣いてしまいそう。

「自分の人生の残り時間を知ったときはショックだった。毎日泣いたし、神様を恨んだりもした。でも、もう一度神様がチャンスをくれたんだって思えるようになったんだ」

そう言うと、大雅は迷うように私を見た。

「悠花のことが気がかりだった。それだけじゃない、離れてもずっと心配だったんだ」

「大雅は……なんの病気なの？」

「血液の病気なんだって。今の日本では治すことができないんだ」

なんでもないような口調で言うけれど、大雅はずっと苦しんできたんだよね。

「でもね、すごいことが起きたんだ。母さんが、僕の病気を専門に研究している名医に話をつけてね。それでアメリカに行くことになったんだよ」

泣いちゃダメだと思っても……やっぱり我慢できなかった。

ボロボロと涙をこぼしたまま、私はうなずく。

「すごい……。じゃあ、本当のさよならじゃないんだね」

この壮大な大雅の計画の結末は、バッドエンドかもしれないと怯《おび》えていた。

「もちろん治る保障なんてないよ。でも、僕は悠花の記憶を取り戻せて満足しているんだ」

「大丈夫だよ。絶対に治るよ」

「そうだね」と大雅はほほ笑んだ。

「この間悠花を助けたとき、空の彼方に雨星を見た気がするんだ。神様は悠花の記憶を取り戻してくれた。だから次はきっと僕の命を救ってくれる……そう今は思えるようになった」

はあはあと息を吐きながら、これ以上泣かないように涙をこらえる。

雨星の意味はまだわからないけれど、大雅が言うならそんな気がしたから。

「そうだよ。きっと雨星がかなえてくれるんだよ。だから、私も信じる。大雅が戻ってくるまで待ってる」

そう言うと大雅はおかしそうに笑った。

「雨星のこと、まだわからないくせに」

「わからなくても信じるって決めたから。どっちにしても大雅は教えてくれないんでしょう？」

「戻ってこられたなら教えるよ」

私の好きな笑顔が目の前に咲いている。きっと大丈夫だって、そう思えた。

私があの日、大雅と同じように雨星を見たかもしれないことは、内緒にしておこう。

「悠花こそ、旅立つ前に告白の返事を聞かせてよ」

「それも元気に戻ってきたときにね。あまり早く答えると安心しちゃいそうだから」

「ひどい」

私たちは一緒にクスクス笑った。

それから、私の提案で茉莉と伸佳も呼び出した。思い出話は尽きず、看護師さんに怒られるまで続けた。

——きっと大丈夫。

見あげた空は、遠く離れた場所で戦う大雅につながっているから。

雨星は、大雅に奇跡を起こしてくれる。その日までうつむかずに私は生きていこう。

いつかまた会える、その日まで。

【エピローグ】

今日もこの町に夕焼けが広がっている。

夕焼け公園は春と呼ぶにはまだ寒く、日暮れもあっという間に終わるだろう。

今日の予報は曇りだったけれど、空には雲ひとつ残っていない。

天気予報は当たらない日が多い。だからこそ、おもしろいと思える自分がいる。

高校の卒業証書を眺めてから筒のケースにしまった。

「悠花」

茉莉の声にふり向こうとすると、冷たい手で両目をふさがれてしまった。

「ふり向いちゃダメ、って約束したでしょ！」

「だって、茉莉が呼ぶから」

隣のベンチに座った茉莉は、ずいぶん大人っぽくなった。メイクもうまくなったし、なにより髪がロングになっている。

卒業したよろこびより、別々の大学に進むことがさみしい今日だ。

「まもなく到着するって伸佳から連絡あったよ」

「ふふ」

「ニヤニヤしちゃって」

頬をツンツンする茉莉に、

「くすぐったいよ」

と体をくねらせる。

「雨星がどういう意味なのか、悠花はわかったの？」

茉莉が夕空を指さし尋ねた。

「ううん。まだわからない。ただ、雨が関係しているのがわかったくらい。今日、見られればいいなって思ってたんだけど、この天気だしね」

キレイな夕空は黄金色に燃えているみたい。

「いいじゃん。卒業式に雨なんて最悪だし」

公園の入り口で車が停車する音が聞こえた。きっとタクシーだ。

「まだふり向くなよ！」

一緒に乗ってきたのだろう、伸佳の声が聞こえた。

今日までずっとこの日が来るのを楽しみに生きてきた。

その日が来たならきっと緊張してしまう、とか、泣きだしてしまう、とか。頭のなかでは何度も想像してきたけれど、いざとなればうれしさしかないんだね。

「がんばってね」

耳元で告げると、茉莉は私から離れた。
ゆっくり私も立ちあがる。
「悠花」
やさしく私の名前を呼ぶ声が聞こえる。
ずっとずっと会いたかった彼が私を迎えに来てくれた。
「大雅、お帰りなさい」
ふり向けば、夕空の下に太陽みたいに笑う君がいたんだ。
私はこれから君に伝えよう。
長い告白の返事を。
明日からの私のことを。
未来のふたりのことを。
世界はふたりのために輝いているよ、今日も明日も、未来も。

【完】

【第一章】世界が色を落としている

スマホの画面に表示されている【完】の文字を確認すると、思わずため息が漏れた。

小説投稿サイトに載っている『パラドックスな恋』という作品を、もう何度も——

ううん、何百回とくり返し読んでいる。最初からぜんぶ読むこともあれば、好きなシーンだけ選ぶこともある。

当たり前だけど、今回もハッピーエンドでよかった。

安堵《あんど》感と静かな感動は、今日から二学期がはじまるという憂鬱《ゆううつ》を少しだけ和らげてくれる。

そっと呼吸をしてみれば、この世界はなんて息がしにくいのだろう。酸素の薄い空気は、吸うほどに気持ちを重くするようだ。

もう一度、エピローグだけ見直してみよう。ページ数は頭に入っているから、一瞬でお気に入りのシーンまで私を連れていってくれる。

「悠花」

呼ぶ声に名残惜しく顔をあげると、後藤日葵《ごとうひまり》が教室に入ってくるところだった。

「おはよ。あいかわらず悠花は来るのが早いね」

「あ、うん。私、人ごみが……」

「苦手なんでしょ。もう百回聞いた。ていうか、今日から二学期なんて最悪。夏休みなんて一瞬で終わっちゃったし」

どすんと前の席に座る日葵。『パラドックスな恋』で言うと〝茉莉〟の役に当たるのが日葵だろう。小説と同じで私とは幼なじみだし、性格はちょっと違うけれど名前はかなり似ている。

小説のなかでは色白だった茉莉。一方、日葵はテニス部に所属しているので肌はあめ色に焼けている。夏休みも部活三昧《ざんまい》だったんだろうな。

子どものころからショートの髪は今も変わらない。もう少し伸ばせば、茉莉に近づくのにな……。

そんなことを考えていると、日葵があきれ顔を向けていることに気づいた。

「悠花の朝のスタンダードが出てる。またぼんやりしてるっしょ」

「え、そんなことないよ」

ごまかしても、長年のつき合いだからきっとバレてる。

「そんなことある。どうせまた『パラ恋』読んでたんでしょ」

「……うん」

スマホを操作し、『パラドックスな恋』の表紙画面に戻す。中学三年生のときにたまたま見つけたこの作品を、私ほどくり返し読んでいる人はいないだろう。

「おんなじ作品ばっか読んでて、よく飽きないよね」

ひょいと私のスマホを奪うと、日葵は画面をさらさらとスクロールさせていく。

「電子書籍だっけ？」

「小説投稿サイトだよ。たくさんの小説が投稿されているなんてすごいよね？」

「ふーん。あたしは漫画のほうがいいけどなあ。そんなにおもしろいの？」

日葵が興味を持ってくれるなんて珍しい。このチャンスを逃してはいけない。

「読み返すたびに新しい発見があるの。昔はわからなかった感情とかが、歳《とし》を取ってから理解できたりもするし」

「歳を取る、ってあたしたちまだ十七だし。あ、悠花は十六か」

「それでもいろいろ気づかせてくれるから。日葵も一度くらい読んでくれてもいいのに」

これまで何度勧めても読書嫌いの日葵にその気はないらしく、小説投稿サイトすら検索してくれなかった。案の定、今も苦い表情を浮かべてスマホを返してくる。

「冗談でしょ。そんな時間があったらほかのことするよ」

日葵は恋愛が苦手だと常々公言している。ちなみに小説は読まないけれど漫画は別で、日葵の部屋には大量のコミック本が並んでいる。ジャンルはヒーローもの、ホラーものなどが多く、恋愛ものはひとつもない。

「日葵は恋をしないの？」

「しないしない。時間の無駄だし。その作品もタイトルからして、どうせくだらない恋愛小説なんでしょ」

「ちが……」

「片想いがかなったとか、すれ違いでさみしいとか、どうせありきたりの話にきまって――」

「そんなことないもん！」

思わず大きな声を出してしまった。ハッとして教室内を確認すると、まばらにしか登校していないクラスメイトたちは、夏休みの話題で盛りあがっていた。

「びっくりした。悠花が大声出すなんて珍しい」

「……ごめん」

シュンと肩をすぼめる私に、日葵はカラカラ笑った。

「まあ、あたしも好きな漫画は何回も読み返すけどさ。そこまで熱中するなんてよっぽどのことだね」

ちゃんと日葵にも、私の好きな小説のことをわかってもらいたい。前傾姿勢を取り、日葵との距離を縮める。

「主人公の通うクラスに転入生がやってくるの」

「主人公が悠花って名前で同じなんでしょ。それも百回聞いたし」

「でね、主人公は忘れているけれど、転入生の男子って、実は幼なじみなんだよ。その男子の記憶を思い出すたびに、悲しい運命にまた一歩近づいていくの。具体的に言うとね――」

「わかったわかったたって」

大げさに両耳を手でふさぎ聞こえないフリをする。日葵はいつもこうだ。小説を読まないならせめてストーリーくらい聞いてくれてもいいのに。

「悠花って普段は大人しいのに、『パラ恋』のこととなると熱くなるよね」

「そんなこと……」

「そんなことあるある。もっとほかの子ともしゃべればいいのに」

「……あ、うん」

わかってるけれど、中学二年生のころから人とうまくしゃべることができなくなった。

誰かにしゃべりかけられたらそれなりに答えるようにしているけれど、会話を続けるのは難しい。緊張するし、自分がなにを言いたいのかわからなくなって、泣きたいような気持ちがお腹から込みあがってくるから。誰かが私の発言に注目している状況がなによりも苦手だ。

クラスでも気負わずに話しかけられるのは、日葵と笹川優太《ささがわゆうた》くらい。ふたりは幼なじみで、『パラドックスな恋』とは違い、小さいころの記憶もちゃんとある間柄。

でも、最近は優太とあまりしゃべらなくなったな……。

席を立った日葵がほかの女子に話しかけに行った。

「そっか……」

黒板に書かれた日付を見て改めて気づいた。

今日、九月一日は二学期の初日。『パラドックスな恋』の第一章のはじまりも二学期がはじまる日。しかも、主人公と同じで、私も窓側の席だ。


二学期がはじまると同時に、夏のにおいはどこかへ消えてしまったみたい。

朝というのにすでに暑く、登校中はセミの鳴き声もまだ聞こえている。それでも、体にまとわりついていた夏が体からはがれてしまった感じがした。


くり返し読んでいるから、本文の一行目は頭に入っている。

夏のにおいってどんなにおいなんだろう。

これまで小説の世界に没入することはあっても、現実に試したことはなかった。

窓を開けると朝というのに熱い風がぶわっと髪を乱したので、慌てて閉めた。夏のにおいについてはわからないけれど、この町にまだ夏が残っていることだけは理解できた。

やっぱり小説みたいにはいかないよね。私もあの主人公みたいになれたらいいのにな。

「柏木《かしわぎ》さん、おはよう」

うしろの席の木村《きむら》さんが声をかけてきた。二年生になって同じクラスになった彼女は、隣の町から通っているそうだ。

木村さんをはじめ、ほとんどのクラスメイトは私のことを苗字で呼ぶ。木村さんとは委員会が同じだけどあまり話をしたことがない。

「おはよう」

顔を少しうしろに向け、だけど目を合わすことができずボソボソと挨拶を返すのが精一杯。

「柏木さん、髪伸ばしてるの？」

「あ、うん……」

風で乱れた髪を戻して答える。せっかく話しかけてくれたのに素っ気なさすぎると、頭をフル回転させた。

『小説の主人公みたいになりたくて肩まで伸ばしてるの』

これじゃあヘンだろう。

悩んでいる間に、木村さんは席を立ったみたい。うしろのほうでほかのクラスメイトと話をする声が耳に届いた。

ホッとしたようなさみしい気もするような……。

離れてしまえば、木村さんの姿もちゃんと見ることができる。夏休み前は長かった髪が短くなっている。ああ、ちゃんと顔を見ていれば、『髪、切ったの？』くらいは言えたかもしれない。……ううん、たぶん無理だろう。

誰かに話しかけられるたびに体が固まってしまう。あいまいな返事しかできなくて、視線も合わせられない。日葵と優太以外のクラスメイトとも打ち解けたいのに、いざ話をしようとするとまるでダメ。

きっと暗い子だって思われてるよね……。

スマホの画面をスクロールし、小説を第一章の冒頭部分に戻す。

小説のなかの悠花は、いつだってキラキラしていてクラスの人気者。一方、私はなるべく目立たないように時間をやり過ごしている。あまりにも違いすぎる。

この日、主人公は幼なじみの茉莉と話をしている。熊谷直哉というクラスメイトといい感じになっている茉莉、そして転入生として山本大雅がやってくる。

「大雅……」

これまで何度その名前を口にしてきたのだろう。

大雅のような人が現れたら、って思うだけで、心のなかにある重い空気がふっと消える気がする。小説のなかの大雅はイケメンなのにかわいらしくて、主人公のことを誰よりも想ってくれていて……。

　実際にそんな人、いないことくらいわかっている。それでも、学校でも家でも居場所がない私には、想像することくらいしか楽しみがないから。

『パラドックスな恋』の作者はＩＴＳＵＫＩ《いつき》と記してある。男性なのか女性なのかはわからないけれど、この物語を書いてくれたことに感謝している私だ。

　小説投稿サイトにはたくさんの作品が掲載されているけれど、ＩＴＳＵＫＩさんが書いた作品は『パラドックスな恋』だけ。作品への感想もレビューも、書籍化希望リクエストも私はしたことがない。

　ほかの作品も読んでみたい。勇気を出して感想だけでも送ってみようかな。

　ギイと椅子を引く音に右を見ると、優太が席につくところだった。昔は私よりも背が低かったのに、今では百七十六センチもあるそうだ。

　部活はバスケ部で、これは小説でいうところの〝伸佳〟と同じ。

　私が『パラドックスな恋』が好きでたまらないのは、取り巻く環境がなんとなく似ているからだ。特に、主人公の悠花が私と同じ名前であること、幼なじみふたりが同じクラスなこと、高校二年生になったこと。この三点により作品愛がさらに深まっている。

さらに今日が第一章と同じ二学期最初の日なんて、まさしく小説世界そのもの。

ふと、優太が横目でこっちを見ていることに気づいた。

校則に引っかからないように少しずつ茶色く染めている髪は、寝グセがついている。

前髪はさらさらとしていて脂気がなく、鋭角の眉が間から主張している。

「つまんなそうな顔してんな」

「……え？」

夏休み明けで久しぶりに会ったというのに第一声がそれなの？

「見たまんまを言っただけ。つまらなそうな顔してる」

もう一度言うと、優太は大きなあくびをした。

「そんなことないよ」

「あ、そう」

私になんてもう興味がないというように、優太は通学バッグから教科書を取り出している。

私もまたスマホに目を落とす。

昔はなんでもしゃべれたのに、だんだんと私たちの距離は離れている。日葵とだって同じだ。小説のことしか話さない私に、きっとあきれているんだろうな……。

いつからか、私たちの関係は変わってしまった。

ううん、先に変わったのは私のほうかもしれない。水面に石を投げ入れたときに立つ波紋のように、私の変化がふたりに広がっているとしたら少し責任を感じてしまう。だからといって、自分を変えることなんてできない。変えたいけれど、どうやっていいのかわからないから。

教室はまるで金魚鉢。狭い空間で酸素を求める私は金魚。

――やめよう。

二学期がはじまる今日という日を、暗い気持ちで過ごしたくはない。

チャイムが鳴ったあとすぐ、体育館に集まるようにと放送が入った。

現実世界では、オンライン始業式はない。何年も世間を騒がせたコロナも、治療薬が認可されたおかげで病院や福祉施設以外での規制はずいぶん緩まっているそうだ。マスクをすることが標準だった時期はラクだった。お互いの顔がよく見えなかったし、必要以上に話をしないのがいいこととされていたから。

体育館へ向かう長い列、だるそうな声、渡り廊下の湿った風。なにもかもが心におもりのように圧《の》しかかる。

いつから私は〝今〟を楽しめなくなったのだろう。

小説のなかにいる悠花がうらやましい。

この色落ちしている世界は、なんてつまらなくて悲しくて、苦しいんだろう。

天気が急変したらしく、始業式の途中で体育館の屋根を打つ雨音が響きだした。

校長先生の長い話が終わり、ぞろぞろと教室へ戻る途中、渡り廊下の向こうに不思議な景色が広がっているのが見えた。

思わず立ち止まる私に、

「どうしたの?」

日葵がうしろから声をかけてきた。

遠くに見える町並みの上には青空が残っているのに、上空からは雨が落ちてくる。厚い雲のすき間に見えるのは……。

「あれは……雨星?」

そっと指さす先に、キラキラと光るなにかが見えた。

「雨星ってなんのこと?」

「ほら」と指さしている間に、光は見えなくなっていた。

「こんな昼間に星なんて出てるわけないでしょ。ほら、早く戻るよ」

あきれた声で日葵は背中をポンと押してくる。

言われてみればたしかにそうだ。早足で教室に戻りながら、小説のなかに出てきた言葉をつぶやいてみる。

「雨星が降る日に奇跡が起きるんだよ」

結局、小説のなかで雨星についての詳しい説明はなかったけれど、夜じゃないのに星なんて見えるわけがない。

長い列から離れ、トイレに寄ってから教室に戻ることにした。

鏡に映る自分の顔を改めて眺める。

毎朝、洗面所の鏡を見るときにも同じ感想を抱いてしまう。

――平凡な顔、と。

眉は濃くも細くもない。目も大きくも小さくもない。鼻だって高くないし、唇は三日月みたい。

髪を伸ばしたのはいいけれど、これ以上伸びたらひとつに結ばないと校則に引っかかってしまう。

そうだよ、いくら同じ名前でも、私は小説の主人公にはなれない。

そろそろチャイムが鳴る時間だ。

教室に戻ると、いくつものグループでいくつもの話が生まれていた。誰と話すこともなく、自分の席に座る。

雨はもうあがったらしく、朝と同じように晴れた空が広がっていた。

先生が来るまではまだ少し時間があるだろう。

スマホをそっと開き、小説のなかの悠花を覗いてみる。

「えー、今日はみんなに報告がある」

深澤先生の声に視線を前に戻す。深澤先生はもったいつけるようにじっと私たちを見てから、口を開いた。

「今日からこのクラスに転入生が入ることになった」

――ガララ。

扉の開く音に続き、なかに入ってきた男子を見て、私は思わず息を呑んだ。

「山本大雅です。よろしくお願いします」


こんな展開があれば、きっと私の毎日は輝きだすんだろうな……。

ため息をつくと誰かがこっちを見ている気がした。

また優太かと思ったけれど、彼は前の席の男子とテレビの話で盛りあがっている。

日葵は課題の残りを必死で書き込んでいるみたい。

自意識過剰なくせに人見知りの自分が情けなくなる。

担任の芦沢《あしざわ》先生が教室に入ってくると、バラバラとみんな席につく。

深澤先生と芦沢先生。名前は似ているけれど、小説と違い芦沢先生は女子から大人気の若い男性。体型もスリムだし、いつもスーツを着ている。一方、小説のなかの深澤先生はパツンパツンのスーツを着ていて、言葉も乱暴な印象。

「みなさんおはようございます。夏休みはいかがでしたか？」

さわやかな口調にクラスメイトは口々に答えている。

「夏休みの課題と進路調査の用紙はこのあと回収しますが――」

「ええええ」という悲鳴にも似た声のあと、笑い声が続く。笑おうとしても口は動いてくれない。

進路調査の用紙を机の上で開く。『就職』の欄に丸をつけたけれど、せっかくだから小説と同じように書き直してみよう。

ボールペンで『就職』につけた丸を二重線で消した。小説では検討中に丸をつけたと書いてあったけれど、現実世界にその項目はない。『その他』の欄に『検討中』と記してから用紙を裏向きに伏せた。

――ふと、視界の端に雨が見えた気がした。

あれ、さっき雨はあがったはずじゃ……。

窓の外を見ると、キラキラと輝くなにかが弧を描きながら空から落ちている。

「え……」

口にする間に光は消え、もとの晴れた天気に戻っていた。

さっきも同じ光景を見たよね。ひょっとして、今のが雨星……?

まさか、と思いながらも胸は鼓動を速めている。

「えー、みなさんに今日はご報告があります」

芦沢先生の声に前を見た。

これは……小説のなかに出てきたセリフに似ている。

『今日からこのクラスに転入生が入ることになりました』

なんて、そんなのありえないよね。

もったいつけるほど長い間をとってから、芦沢先生は口を開いた。

「今日からこのクラスに転入生が入ることになりました」

一秒後に、歓声と拍手が波のように押し寄せてくる。

呆然《ぼうぜん》としている間に、芦沢先生は教室の前の扉に向かって声をかけた。

——そんなはずがない。

息もできないまま、教室の扉が開くのをただ見ていた。

背の高い男子が教室に入ってきた。

やわらかく揺れる黒髪に、子犬を連想させるやさしい目。口元の笑みも、高い身長もなにもかもが想像していたのと同じ。

——こんなこと、絶対に起きるわけがない。

小説の物語はあくまで小説のなかだけの話。そう言い聞かせて今日まで来たのに、今にも境界線が崩れそうになっている。

もし、彼の名前が〝山本大雅〟だったら……。

そうであってほしい気持ちと、実際に起きたらどうしようという気持ちが、水が沸き立つように次々に生まれては弾けている。

教壇の前まで進んだ男子生徒が、みんなの注目を浴びながら深く礼をした。そのまま三秒停止して、頭をもとの位置に戻す。踊るような美しい動作に、さっきまでの歓声がピタリと止まった。

笑みを浮かべたまま彼は口を開いた。

「山本大雅です。よろしくお願いします」

「ウソ……」

隣の優太がいぶかしげに私を見てくるのがわかったけれど、それどころじゃない。

芦沢先生が大きく彼の名前を黒板に書いた。

『山本大雅』

漢字まで同じだなんて……。

大雅はやわらかい笑みを浮かべたまま教室内を見渡し、私と目が合うとうれしそうに笑った。

とっさに机とにらめっこをする。

これは……夢なの？　ギュッと目を閉じてみても、なにも変わらない。

たくさんの拍手の音は、どこか雨の音に似ていた。


夕日のオレンジに染められた教室には、机や椅子の影が模様みたいに走っている。

コロナの影響で遅れた授業を取り戻すため、始業式のあとも五時間目まで授業が続いた。最初から知っていたことなのに、今日ほど時間が経つのを遅く感じたことはなかった。

ホームルームのあとトイレに走り、スマホで『パラドックスな恋』の第一章をくり返し読んだ。誰もいない教室に戻ってからも、たしかめるように最初のシーンをひと文字ずつ確認した。

――間違いない。

芦沢先生の言ったことや、大雅が登場するシーンは小説そのまま。大雅の見た目も小説を読みながら想像していた顔そのもの、いや、それ以上にかっこよかった。

こんなのドッキリ企画でもない限り、ありえないよね……。

自己紹介をしたあとの大雅に誰よりも興味を持っていたのは、私だろう。

けれど、ひと言も話せないまま隠れるように身を小さくしてやり過ごした。うれしさよりも怖い気持ちのほうが強かったし、話しかけられでもしたなら逃げ出していたかもしれない。

「偶然、だよね」

この言葉を頭に浮かべては消す、のくり返しだった。声にしてみるとやっぱり偶然だとしか思えない。

山本大雅、という転入生がたまたま来ただけのこと。

小説のなかでは、休み時間になってすぐ大雅は私に話しかけてくる。そして、私たちが幼なじみであることを告げるのだ。

でも、実際にそんなことは起きなかった。休み時間はクラスメイトに囲まれ楽しげに話をしていたし、下校するまで私の目を見ることも話しかけてくることもなかった。

これはただの偶然なのだと自分に言い聞かせても、すぐに違う考えが頭に侵入してくる。

小説と同じ名前で同じ転入生という偶然が起こるなんてありえるの？

――ガタッ。

教室の前扉が開く音に、思わず体がビクッとしてしまった。見ると、バスケのユニフォーム姿の優太が入ってくるところだった。

びっくりした……。大雅が来たのかと思った。

夕日に染まる優太は、まるで燃えているみたい。

「なんでいるの？」

心配しているというより、むしろ責めるような口調の優太に口ごもる。きっと理由を話せば、おかしい人だと思われ、今よりもっと優太は離れてしまうだろう。

「……なんでもない」

素っ気ない言葉を返す自分がキライ。

自分の席まで来ると、優太は机のサイドにかけてあった布バッグを手にした。そのまま出ていくのだろうとスマホに目を落とすけれど、なかなか足音が聞こえない。見ると、優太は困ったような顔で私を見おろしていた。

「悠花さ、どうしたんだよ」

「え？」

「なんか、あったのか？」

心配するというより、あきれているような声に聞こえる。

「……どうした、って言われても」

「今日、ずっとヘンだったろ？」

優太は自分の机の上に腰をおろした。

本当は日葵に相談したかったけれど、『部活が忙しい』と走っていってしまったんだよね。誰かに相談に乗ってもらいたいと思うけれど、優太に話していいのかな……。

「長いつき合いだから、なにかあったってことくらいわかるよ」

「うん……」

子どものころ、近所の子たちとの家の境界線はあいまいだった。どの家も自分の家のように自由に行き来していたし、なにかやらかしたときはまとめて叱られていたっけ……。家族みたいにして育ったから、そのぶんお互いのちょっとした変化も伝わってしまう。

机の上に片足をのせている優太を見て気づく。

「あ、それ……」

左の足首に赤いミサンガが巻いてある。

「ああ」と優太は指先で触れた。

「なつかしいだろ」

バスケの大会の必勝祈願として、中学生のときに日葵とプレゼントしたものだ。刺《し》繍《しゅう》用の紐《ひも》を編み込んで、日葵は黄色を、私は赤のミサンガを作った。

「まだ使ってくれてたんだね」

あんなに真っ赤だった糸は、薄いピンクに色を落としている。腕につけてもらうつもりで作ったけれど、私のミサンガが長すぎたため、左足に装着されることとなったのだ。

とっくに切れたと思ってたから驚いてしまう。

「ギチギチに糸を編んでるから切れないだけ」

「あ、ごめん……」

「いいよ。あの大会ではいいとこまでいけたし。それに、これが切れたときには、もっとでっかい願いがかなうだろうし」

子猫にするようにうれしそうにミサンガをなでたあと、「で？」と優太がこっちを見た。

「なにを悩んでたわけ？」

「………」

このクラスでちゃんと話ができるのは日葵と優太だけ。だったら……せめて大雅と幼なじみかどうかだけでも確認しておきたい。

「あの、ね。今日転校してきた男子、いるでしょう？」

なにげなくしゃべろうとしても、やけに改まった口調になってしまう。

優太は両腕を組んで軽くうなずいた。

「山本だろ？　女子はキャーキャー騒いでたよな。俺はまだしゃべってないんだけど」

「あの人って……その、なんていうか……」

「え？　なに？」

耳をこっちに向ける優太に、大きく息を吸い込んだ。

「山本くんって、優太の知り合いなの？」

「は？」

ひと文字で答える優太に、慌てて右手を横に振った。やっぱり違ったみたい。

「ちょっと聞きたかっただけで……」

「なんで？」

「なんで、って言われても……」

しばらくの沈黙のあと、優太がわざとらしくため息をついた。

「『パラ恋』だろ？」

「え!?」

思わず背筋がシャキンと伸びてしまった。

「優太、『パラドックスな恋』を読んでるの!?」

もしも優太があの作品を読んでいたなら、今日の出来事に違和感を覚えたはず。小説と同じことが起きていることに気づいてくれてたんだ！

思わず笑みを浮かべる私に対し、夕日に染められた優太の顔は険しかった。

「いつもそればっかり見てる、って日葵が心配してるからな。あらすじくらいしか知らない」

「あ……そうなんだ」

風船がしぼむみたいにシュンとしてしまう。

「それで？」

「……あのね、小説にも転入生が来るシーンがあるの。その転入生の名前が山本大雅でね……」

言いながら後悔していた。優太の表情がさらに険しくなっていくのがわかったから。

「マジで小説世界と混同してんのか？」

あきれたような、じゃない。あきれているんだ。

なあんだ……。てっきり優太が読んでくれているのかと思ってしまった。優太も日葵と同じで本嫌いなことを忘れていた私が悪い。期待する気持ちにパタンとフタをした。

「ただ聞きたかっただけだから」

図星な上に見おろされている状態で、うまくごまかせるわけがない。

「普通、転入生が知り合いなんてことねえだろ」

「そうだよね。ごめん、ごめんね」

なんで謝っているのかわからないまま謝ると、優太は困った顔になってしまう。

名前と違って、最近の優太はちっともやさしくない。常に批判されているようにすら感じてしまう。

居ても立ってもいられなくなり、慌てて荷物をまとめて立ちあがった。

「おい」

「またね」

優太の脇をすり抜け、教室を飛び出す。

優太が私を呼び止めた気がしたけれど、そのまま廊下を走った。走って走って、急いで靴を履き替えて昇降口から外へ飛び出す。

真っ赤に染まる校舎を背に必死で走った。どんなに急いでも、優太の困った顔が頭からはがれてくれない。

校門を出たところでようやく足を緩める。

泣きそうで悔しくて、だけど恥ずかしい気持ちを抱えて歩く。

早く夜が来て、私の存在を隠してくれればいいのに。

それだけを願いながら、ただ足を前に進めた。

家の近くまで来るころには、薄い闇が町におりていた。

二階建ての家が見えてくると、やっと自分のテリトリーに戻れた気がする。

昔は違った。むしろ、好奇心旺盛なほうで、渋る日葵や優太を連れて駅前に探検に出かけて親に怒られたりもした。

いつから私は世界が怖くなったのだろう。

家のカギを開けなかに入ると、リビングからテレビの音が聞こえている。

「ただいま」

やはりリビングのテレビではニュースが流れている。ソファに身を沈めてぼんやり眺めているお母さんは、「ああ」と短くつぶやいてからゆるゆると立ちあがった。

「もうこんな時間なのね。いつの間にか寝ちゃってたわ」

「うん」

「ご飯炊いてないから夕飯遅くなりそう。部屋で待ってて」

「わかった」

お母さんも仕事だったらしく、ワイシャツにスカートのままだ。

結婚するまで働いていた職場に、半年前に戻ったそうだけれど、疲れのせいだろう、口数が日々減っている。

なにに対してかわからないため息を背中で受けながら、二階にある自分の部屋に向かう。

部屋着に着替えるときに、また大雅のことを思い出した。

あれは実際にあった出来事なの？　それとも、同じ小説ばかり読んでいる私が見た幻影なの？

ベッドに仰向けで寝ころんでから大きく深呼吸をしてみる。やっと、頭のなかがクリアになった気がする。

そうだよ、小説と同じことが起きるなんてありえない。

非現実な出来事なんて起こらないほうがいい。これが正直な今の気持ちだ。

思ってもいないようなことが起き、自分を見失うのが怖い。

体を起こし、机の上に置いてある写真立てを手に取った。

写真のなかに、弟である叶人《かなと》がいる。今にも声が聴こえそうなほど大きな口を開けて笑う叶人の写真は私の宝物だ。

非現実な出来事、それは叶人がこの世界から消えてしまったこと。

叶人が亡くなってから二年が過ぎようとしている。

もう二年、まだ二年。どちらがピッタリくるのかわからないけれど、叶人が亡くなってから私が変わったのはたしかだろう。

病気が発覚してからあっという間だったし、コロナの影響で病院での面会もままならなかった。

最後の会話は病室のガラス越しに、お互いのスマホを使ってだった。病気の発症は、中学一年生だった叶人から笑顔を奪っていった。入院してからの叶人が笑うことはほとんどなかったし、私も同じだった。

叶人はもう、いない。

思いもよらぬ叶人の死は、時間とともに非現実な出来事から現実へと形を変えている。

写真の叶人は、青空をバックに白い歯を思いっきり見せて笑っている。近くにある遊園地に家族で出かけたときの写真だ。

はしゃぐ叶人と違い、私はほとんどの時間をベンチに座って過ごした。乗り物酔いのせいでもあるし、家族で出かけることに抵抗を覚えていた時期だったせいでもある。あれが、家族四人で出かけた最後の日になるなんて、当時の私は思いもしなかった。

私たちは仲がよい姉弟ではなかったと思う。年ごろのふたりの間に会話は減り、お互いを無視するような時期もあった。

叶人と交わした最後の会話、ガラスの向こうで叶人は『いろいろごめんね』と謝っていた。私も『ごめん』と答えた。

なにに謝られたのか、なにに謝ったのか、いまだに私はわからないけれど、そのあと叶人が照れたように見せた笑みが今も忘れられない。

ふと、一階から言い争うような声がしていることに気づいた。お父さんが帰ってきたのだろう。

両親のケンカは、日々増えている。

窓の外には星も見えない。

この世界は叶人が亡くなった日から、色を落としてしまったんだ。


今日も朝から教室でスマホに『パラドックスな恋』を表示させている。内容は第一章で大雅が転校してきた箇所だ。

冷静に考えれば、小説に出てくる人物と同姓同名の人が引っ越してきただけだとわかる。あまりにも作品が好きすぎて動揺しちゃったけれど、もう大丈夫。

そもそも、もし小説の展開どおりになるとしたなら、大雅はあのあと私に話しかけてきたはず。

スマホの画面をスクロールさせ、その場面を読んでみる。


下校時間になると、山本くんは真っ先に私の席へとやってきた。

「久しぶりだね」

そう言う山本くんに思わず顔をしかめてしまう。初対面の挨拶にはあまりにもふさわしくない。

「え、あの……」

「ノブも久しぶり」

今度は隣の伸佳に同じように言う山本くん。

昨日の大雅は私とひと言も会話を交わしていない。やっぱり、単なる偶然だったんだ。

そう考えると、優太にも悪いことをしたな……。話の途中で逃げるように帰ってしまったし。

でも、優太だって悪い。昔はやさしかったのに、最近は話をすればキツいことばかり言ってくるし。

そんなことを考えていると、当の優太が教室に入ってきた。隣の席にどすんと座ると「おっす」と挨拶をしてきた。いつもは遅刻ギリギリなのに珍しい。

「お……おはよう」

なんとかそう言ってから、小説の世界に戻る。もう何度も読んでいるし、大雅が主人公に話しかけるシーンは地の文章まで覚えているほどだ。

ふと隣を見ると、優太が唇を尖らせて椅子をギコギコと前後に動かしていた。

「なんか……昨日は悪かったな」

最初は自分に言われているって気づかなかった。きょとんとする私に、優太は軽くあごを引いた。

「余計なこと言ってごめん」

「え……？」

はあ、とため息をついた優太がようやく私を見た。

「最近、元気ないように見えたから気になったんだよ。なのに、ヘンな言いかたになっちゃってさ」

びっくりした。言われてみれば『なんか、あったのか？』と心配してくれていたよね。

「私こそごめん。小説の世界とごっちゃになったみたいで。寝ぼけてたのかな」

「昔から寝起きは悪かったしな」

やさしい笑みを浮かべる優太に、昨日のモヤモヤは一瞬で消えた。逆に情けなさを感じ、

「うん」

としか答えられない。

「小学校のときの遠足で、バスが目的地に到着しても全然起きなかったもんな。あれは笑えた」

クスクス笑う優太。昔はこんなふうになんでも言い合えてたよね……。

ふと優太の横顔が迷ったように曇った。

「やっぱり、あれか？　もうすぐ……」

昔からの仲だから、優太がなにを言おうとしているのかがわかる。

「そうだね。あと少しで叶人の三回忌法要だから、ちょっとナイーブになってたのかも」

叶人が亡くなったのは十月二十日の早朝だった。最後に彼と話してからちょうど一週間目のことだった。

「もうそんなに経ってるのか。悠花が悲しむのもわかるよ。だって叶人、いいヤツだもんな」

優太は気づいてないだろうけれど、叶人のことを今でも過去形では語らない。やっぱりやさしい人なんだよね。

ますます自己嫌悪に陥りそう。

「あれ、三回忌法要？　二回忌法要じゃねえの？」

「去年が一周忌法要で、今年は三回忌法要なんだって」

「それってなんで？」

そう言われても私にはよくわからない。わかっているのは叶人がもうこの世にはいないことだけ。

「おじさんとおばさん、あいかわらずなのか？」

「普段はしゃべらないけど、たまにどっちかが口を開くとケンカになってる。昨日の夕飯も静まり返ったなかで食べたよ。もう慣れたけど」

叶人が亡くなってから、いろんなことが悪い方向へ進んでいる。親はケンカばかりだし、家のなかの雰囲気は重い。お母さんが仕事に復帰したのも、口にはしないけれど離婚を考えている可能性が高いと思っている。

私も誰かと話をするのが怖くなり、救いは小説のなかだけ。

そんな今を変えたくても、私にはなにをどうすればいいのかわからない。

「気にしてくれてありがとう。ちょっと元気が出たよ」

暗くなりそうな気持ちを奮い起こす私に、優太はニヤリと笑う。

「幼なじみだから気にするのは当たり前。日葵も心配してたし」

「同じ小説ばかり読みすぎてるみたい。『パラドックスな恋』に憧れてるなんて、子どもみたいだもんね」

スマホをバッグにしまった。そうだよ、誰とも話さないゲームをしているわけじゃないんだし、学校では普通な私を演じなくちゃ。

自分に言い聞かせていると「え？」と優太の戸惑うような声が聞こえた。見ると眉をひそめ首をかしげている。

「パラ……パラドックスってなに？」

からかっているのかと思ったけれど、これも長年のつき合いだからわかる。本当にわからないときに見せる表情を浮かべている。

でも、昨日は優太のほうから小説のタイトルを言ってきたはず。

「小説投稿サイトに載ってる『パラドックスな恋』っていう作品のこと。昨日、優太も自分で口にしてたよ。略して『パラ恋』って言ってたよね？」

自分で言っておいて忘れるなんてことある？

けれど優太は理解できないというようにますます眉間のシワを深くしている。

「ごめん。なんだかわかんないや」

「あ……じゃあいい」

しりすぼみの会話が恥ずかしくなり、私も机に視線を落とした。

ふいに教室の空気が変わった気がして前の扉に目をやると、大雅が入ってくるところだった。

ああ、やっぱり想像していたとおりの顔だ。涼しげな顔に似合う髪は、歩くたびにさらさら揺れている。

クラスメイトとさわやかに挨拶を交わしながら大雅は、なぜかまっすぐにこっちに向かってくる。

　ざわっと胸が音を立てるのがわかった。

　私と優太の席の間に立つと、大雅はやわらかい瞳で私を見た。

「おはよう。昨日は話せなかったね」

　私に向かって言っているのはわかっている。けれど、なにも答えることができない。

　今、偶然のことだって言い聞かせたところなのに、なぜ？

　小説のなかの大雅が言うセリフは……。

『久しぶりだね』

　フリーズする私に大雅はうれしさを隠せないような顔で口を開く。

「久しぶりだね」

　体がぐらんと揺れるほどの衝撃に息が吸えない。

「え、あの……」

「ユウも久しぶり」

　見ると、優太は「おう」と満面の笑みで──。やっぱり、小説のシーンとまったく同じだ。

　足元に置いてあるカバンに目を落とす。このあとの展開を思い出そうとしても、頭がしびれてしまい、まるで浮かんでこない。

そう、たしか……。優太が大雅に『変わらないな』みたいなことを言うはず。

「いやあ、まさか大雅が戻ってくるなんて想像もしてなかったよ。お前、全然変わらねぇな」

優太のうれしそうな声が聞こえる。昨日私が確認したときは、知り合いなんかじゃないみたいなことを言っていたのに……。

「ユウだって変わってないよ。まあ、身長はかなり伸びているけど」

名前がノブからユウに変わっただけで、あとのセリフはすべて同じだ。まるで何度もくり返し観た映画を改めて観ているみたい。

無意識に、スカートの上に置いた両手をギュッと握りしめていた。

小説の世界が再現されているとしたら、次は私に話しかけてくるはず……。

乾いた唇をなめて、さらに身を小さくした。

このまま大雅がほかのクラスメイトのところに行くことを願うけれど、視界にはまだこっちに向いている足先が映っている。

次のセリフは……『悠花はずいぶん大人っぽくなったね』だ。

「悠花はずいぶん大人っぽくなったね」

ああ、やっぱり……。

思い切って顔をあげると、大雅が私をやさしく見つめている。主人公がドキッとするシーンが、現実に起きている。

次は私のセリフの番。

「え……っと」

本来なら『え!?』と驚くシーンなのに、戸惑った口調になってしまった。

「ひょっとして……僕のこと覚えてないの？」

さみしげな大雅に、優太が「まさか」と先回りして答えた。

「照れてるだけだよ。なんたって小学三年生以来の再会だもんな」

おかしいよ。こんなのおかしい。なんでみんな、小説と同じセリフを言うの？

ぐちゃぐちゃになった頭で必死に考えても余計にこんがらがっていくみたい。

「あ、ごめんなさい。私、その……トイレに行ってくるね」

しどろもどろで答えて席を立つと、早足にならないように教室のうしろの扉から出た。ちょうど入れ違いで前の扉から入ってきた日葵が、大雅を見つけたらしく駆け寄るのが見えた。

「大雅！」

抱きつく日葵を確認してからトイレへ逃げた。

個室に入り腰をおろすと、おもしろいくらい手も足も震えていた。

もう間違いない。なぜかはわからないけれど、『パラドックスな恋』と同じことが起きている。小説の登場人物だった大雅が、現実世界に現れたんだ……。

だとしたらなぜ、日葵も優太もそれを受け入れているのだろう。優太にいたっては、昨日までは大雅のことを知らないそぶりだったのに。

しばらくじっと考えてみる。

ずっと『パラドックスな恋』の世界観に憧れていた。小説の主人公になれるなら、身を任せてみるのもいいかもしれない。

「……でも」と、つぶやく。

あの小説の主人公である悠花は、私とは真逆の性格だ。彼女は、小学三年生までの記憶はないけれど、明るくて幼なじみとも楽しく接している。詳しい描写はないけれど、小説の主人公はみんなかわいくってスタイルもいいのが定番。だからこそ、誰もが恋に落ちることができる。

小説だけじゃない。昔話のお姫様も漫画やドラマの主人公も、みんな美人だからこそ幸せなエンディングを迎えられるんだ。

でも私は……違う。容姿に自信がないし明るくもない。なにもかもがうまくいかず、もがくことすらできずにウジウジしているだけ。

こんな私のことなんて、大雅は好きになるはずがない。

迷いながらトイレを出た。廊下の窓から見える景色はいつもと同じ。廊下を歩く生徒も同じ。

違うのは大雅がいることだ。

不思議な現象の理由も意味もわからないけれど、ずっと憧れていたのだから受け入れてみるのもいいかもしれない。

教室から大雅がふらりと出てきた。私を見つけてうれしそうに笑うのがスローモーションで見えた。

さっきの話の続きをしてみよう。もしおかしな展開になったらすぐにやめればいいだけ。

鼻から大きく息を吸い、大雅に向かって足を前に出した。

「あの、さっきはごめんね。驚いちゃって……」

「大丈夫だよ。じゃあ改めて自己紹介するね」

あ、このシーンにつながるんだ……。

「僕の名前は山本大雅。君は、柏木悠花。僕たち、実は幼なじみなんだよ」

いたずらっぽい顔で覗き込んでくるところまでも同じ。小説の中のイメージそのままますぎて、顔が赤くなってしまう。

「……大雅」

名前を呼べば、本当にうれしそうに大雅は白い歯を見せて笑う。それから大雅は窓の外に目をやった。

「本当になつかしいよ。でも、このあたりもずいぶん変わったね。学校までの道もキレイに整備されていたし」

小説では教室のなかで四人で話をしていたはず。私が逃げたことで状況が変わってしまっているみたい。頭のなかにあるスマホをスクロールしてこのシーンを探す。

「区画整理があったからね」

優太が言うべきセリフを代わりに言うと、大雅はまぶしそうに目を細めた。

『駅前のあたりはどうなの』って、そう言うのかな……。

「駅前のあたりはどうなの？」

一字一句同じセリフを口にする大雅。

「あそこは昔のまま。店はけっこう変わったとは思うけど」

次のセリフは『ねえ』だったはず。

「ねえ」

『町を案内してくれない？』

「町を案内してくれない？」

もしも、これが夢ならさみしいな。どんな理由でこんなことが起きているのかはわからないけれど、理想の相手が目の前にいる今を失いたくない。

「いいよ。放課後、一緒に行こう」

そう言えた自分を、褒めてあげたくなった。


私と大雅が町歩きをすることは、廊下で偶然耳にしたというクラスメイトの女子により、あっという間に広がってしまった。

普段は話をしたことのない女子たちが、昼休みになったと同時に声をかけてきた。

「山本くんと幼なじみって本当なの？」「ふたりで出かけるの？」「柏木さんのイメージ変わったよ」

なんて答えていいのかわからず、あいまいにごまかしながら自分の席に戻った。いや、逃げたというほうが近いかもしれない。

日葵はすでにお弁当を食べ終わり、チョコレートをつまんでいる。

「にしても、大雅変わらないね。背だけは高くなってるけど、あとはそのまんま。昔に戻ったみたいでうれしいよね」

日葵も優太と同じで、大雅のことを幼なじみだと思い込んでいる。小説世界から大雅が現れたことで、周りの記憶も変わっているみたい。

不思議だ。こんなに非日常的なことが起きているというのに、時間とともに受け入れている私がいる。

「なになに、また考え事？　大雅とふたりで出かけることに緊張してたりして」

それもある。でも、それ以上に日葵に現状についてわかってもらいたい。

「あのね、日葵。その……おかしなことが起きてるの」

「おかしなこと？」

最後のチョコを口に放り込んだ日葵。そう、彼女は小説の中の茉莉とは違うはず。

「小説の登場人物が、現実世界に現れたの」

「映画の話？」

「そうじゃなくって……」

こういうとき、おしゃべりじゃない自分が情けなくなる。小説の悠花ならスラスラと淀みなく説明できるんだろうな。

「小説に書いてあったことがリアルに起きてるの。私がよく読んでいる『パラドックスな恋』って小説があるよね？」

表情だけで日葵が『パラドックスな恋』に思い当たる節がないことは伝わってくる。

「え、待って。悠花、ちゃんと話してくれないと意味不明だし。だいたいそんな小説、あたし知らないよ。そもそもあたしが小説なんて読むわけないじゃん」

それはわかっているけれど、どうすれば日葵に伝えられるのか……。

そうだ、とカバンからスマホを取り出す。

「小説投稿サイトに載っている作品でね。私がいつも読み返してるって、日葵があきれるくらい何度も話をしてるよ」

スマホを取り出し、お気に入りに登録してある『パラドックスな恋』を表示させる。いつもと変わらないタイトル画面を見てホッとした。

これを見せれば日葵だってわかってくれるはず。

スマホを印籠《いんろう》のように差し出すと、日葵は「小説って苦手」と言いながらも読みはじめてくれた。

これで私の主張は理解されるだろう。

「……え、なにこれ」

日葵が画面に向かって目を見開いている。そのまま読めば、私たちに起きていることがわかるはず。

けれど、数ページ読んだだけで日葵はスマホを返してきた。

「ちゃんと読んでくれた？」

「更新分までは読んだよ」

「更新？」

意味がわからず画面を確認する。

軽く頭を下げた彼の瞳が私を見た。まっすぐに見つめてくるその目がやわらかくカーブを描く。

え、私のことを見ている……？って、気のせいだよね。

唖然とする私から隣の伸佳に視線を移すと、彼はもっと笑顔になった。なぜか伸佳も同じように笑っている。

意味がわからないまま、黒板に書かれる〝山本大雅〟の文字を眺めている間に、チャイムがまた鳴った。

（つづく）

そのあとのページはなく、下にはイイネボタンが表示されている。

これは、本編がはじまってすぐのシーンだ。

「つづく、って……」

つぶやく私の手を、日葵が握ってくるから思わずスマホを落としそうになる。

え、なんで日葵がうれしそうに笑っているの？

「すごいね悠花。小説を書いてるんだ？」

「え……なんのこと？」

「これって昨日、大雅が引っ越してきたシーンでしょ。あたしや優太も名前は違うけど出てるし。なるほどねぇ、実際に起きたことを小説にしてるんだ。悠花にこんな才能があったなんて驚きだよ」

言ってる意味がわからない。スマホを手元に置いてから首を横に振った。

「違うよ。書いたのは私じゃないって」

「照れちゃって。ITSUKIっていうペンネームもいいね。ていうか、よっぽど大雅との再会がうれしかったんだねぇ」

ニヤニヤしている日葵に、目の前が真っ暗になっていく。

トップ画面を改めて見ると、完結しているはずの『パラドックスな恋』は連載中に変わっていた。

頭がこんがらがる。これは、どういうことなのだろう？　現実世界が進むたびに、小説も更新されていくということ……？

これじゃあ日葵にわかってもらえない。

「あたしさあ」と日葵がのんきな声で言った。

「昔から悠花って大雅のこと好きなんじゃないかって疑ってたの。ほら、聞いてもはぐらかしてたでしょ。でも、これで確定したね」

「いや……そうじゃなくって」

「小説にまでするなんて、悠花の行動力には驚かされたわ。でも、恋をする気持ち、少しはわかるよ」

「え？」

顔をあげると、日葵は教壇前あたりを潤んだ瞳で見つめている。そこにはクラスメイトの兼澤《かねさわ》くんがいた。たしか、兼澤利陽《としはる》という名前で、漫画好きということくらいしか知らない。

「兼澤くんとなにかあったの？」

恐る恐る尋ねる私に、日葵はこくんとうなずいた。

「それがさあ、夏休み前に本屋さんでバッタリ会ってね、たまたま同じ漫画を手にしていたの」

これも『パラドックスな恋』に載っていたエピソードだ。小説のなかでは同じ小説を手にしていた設定だけど、漫画に変わっている。

あれだけ恋愛に否定的だった日葵がそんなことを言うなんて、小説世界が現実に浸食してきているみたいで怖い。

「で、ＬＩＮＥ交換をしたの？」

小説のなかで茉莉はそう言ってたはず。が、日葵は「なんでよ」と笑い飛ばした。

「そんなのするわけないじゃん。ただ、そういうのもいいかな、って思っただけ」

「じゃあ図書館とか喫茶店とかに行く約束はしてないの？」

「やめてよね」

不機嫌そうな顔になった日葵があごをツンとあげた。

「自分が恋をしているからって巻き込まないで。あたしは恋愛なんてしないんだから。ただ、悠花が恋する気持ちは理解できるってことを言いたかっただけ。認めなさい。大雅のこと、ずっと好きだったんでしょ？」

「あ、うん。そう……かな」

言葉に詰まりながら、かろうじてうなずいた。一瞬の間を取ったあと、日葵は白い歯を見せた。

「それでいいんだよ。あたしは恋愛に興味ないけど、恋バナは好きだからいつでも相談して」

小説とは違い、日葵は恋をしないらしい。

私は……どうなんだろう。

今起きていることは不思議すぎるけれど、ずっと憧れていた大雅が現れてくれた。小説の物語が現実になってほしいと願ってきたはず。こんなことは二度と起きないこともわかっている。

大雅のことを私は好きなの？　自分に問いかけてみても実感はあまりなかった。それでも改めて大雅の姿を探すとき、たしかに胸はドキドキしていた。

「うわーなつかしいね！」

さっきから大雅は右へ左へふらふら、まるで糸の切れた凧みたい。

「このスーパー、まだやってるんだ。昔とちっとも変わってない」

小説と同じセリフを躊躇なく言う彼。次は私の番だ。

『危ないからあまり車道に寄らないで』

こういう注意をあまりしたことがないせいか、言葉になってくれなかった。モゴモゴと口ごもる私を気にする様子もなく、大雅はキョロキョロあたりを見渡している。

小説世界と同じことが起きたとしても、やっぱり主人公の性格が違いすぎる。無理して同じことを言うのはあきらめ、私らしく接することを選んだ。

つまり、黙ってついていくことにした。

「夕焼け公園ってまだある？」

くるんとこちらをふり向いた大雅。傾きかけた太陽が大雅をキラキラ輝かせている。

「え？　あ、そのことなんだけど……」

小説ではふたりの思い出の場所として何度も登場する。けれど、この町にそんな公園はないし、一緒に夕日を見た事実もない。

「ごめん。わからないの」

正直に答える私に、大雅は目を丸くした。

ああ、せっかくの物語もここで終わってしまうのかもしれない。

が、大雅は気にした様子もなく脇にあるのぼり坂を指さした。

「あの坂道をのぼる途中にあるのが夕焼け公園だよ。悠花、忘れちゃったの？」

高台の住宅地に続く道はたしかにある。けれど私の家はそっちの方角じゃないし、大雅はもちろんのこと、日葵や優太と訪れたことはない。

「時間もちょうどいいし、久しぶりに行ってみたいな。いい？」

「あ……うん」

「やった！」

駆けていく大雅から長い影が伸びている。まるで子どもみたいな大雅に、昔の優太の面影が重なった。

最近はぶっきらぼうな優太も、昔はこんなふうにはしゃいでたっけ……。って、なんで優太のことを思い出しているのだろう。

坂道をのぼりながら大雅は時折こっちをふり向いてくれる。どんどん夕暮れに支配されていく空の下、不思議な出来事を体感している。

やっと着いた公園は、想像していたものよりずいぶん小さかった。小説に出てくるブランコや砂場はないけれど、ベンチだけはあった。

当たり前のように町を見おろせるベンチに座った大雅。私もなるべくベンチのはしっこに座り顔をあげると、目の前に大きな夕日が浮かんでいた。

「すごく大きい」

思わずつぶやいてしまうほど、太陽は赤く燃えていた。

「ここで夕日を見るのが好きだったんだ。夕日ってすごいパワーがあると思うんだよね。日光浴ならぬ夕日浴ってところ」

「そうなんだ」

ここが夕焼け公園なんだ、と静かに感動してしまう。ドラマのロケ地に行くってこういうことを言うのかもしれない。

想像よりも小さい公園で、遊具もない。大雅の顔だって、小説みたいに真っ赤に染まっていない。それでもここで大雅との思い出を作っていければいいな。

そっと大雅の横顔を見てみる。想像していた以上にかっこよくてやさしそう。

私は今、小説の主人公になっているんだ……。違うのは、まだ大雅への恋心が生まれていないこと。あまりに突然の出来事すぎて、心が追いついていない感じがする。

私は大雅を好きになれるのかな。そう思う時点でなにか違う気がしてしまう。

きっと好きになるはず。そうなるためにも、主人公が言ったセリフと同じことを口にしてみよう。

大丈夫、セリフは完璧に頭に入っているから。

「大雅が引っ越したのって小学三年生のころなんでしょう？」

ずいぶんカットしてしまったけれど、ここからはじめることにした。

「そうだよ」

やっぱり同じセリフが返ってくる。次は私の番。

「私、昔からそのあたりまでの記憶ってほとんどないの。思い出そうとしても思い出せなくて——」

そこまで言ったときだった。砂利を踏む音が聞こえた。

ふり向くと、息を切らせた優太が立っていた。部活のユニフォームのままで、大きなバッグのなかからは制服のズボンが飛び出ている。

「え……優太？」

「んだよ。急に呼び出すなよな」

その声は隣の大雅に向けられていた。

「ごめんごめん。あんまり夕日がキレイだったからさ。でも間に合ったね」

「『全速力で集合』なんてメッセージ送っておいてよく言うよ。ったく、大雅はマジで変わってねーな」

あきれながら私と大雅の間に優太がどすんと腰をおろした。

どういうこと……？　小説の中では大雅とふたりきりだったはず。そして私は大雅への恋心を意識する——そういうシーンのはずなのに。

どうして優太がここにいるのだろう。

私の気持ちに気づいたように、大雅はいたずらっぽく笑った。

「すごく悠花が緊張しているように思えたから、少しでも和らげようと思って声をかけておいたんだ」

「あ、うん……」

小説の展開と違うのは、やっぱり私の行動や会話が違うからなんだ。

「日葵はまだ部活みたいで既読にならなかったよ。今回は三人で我慢しよう。昔はみんなでよく夕日を見たよね」

大雅のうれしそうな声に、

「なつかしいな」

優太がまぶしそうに目を細めている。

「悠花がね」

急に私の名前が聞こえ、ドキッとした。

「昔の記憶がないんだって。僕のことも忘れているみたい」

「へえ」

優太が私を見た。

「悠花は昔からそういうところがあるからな。ねぼすけで忘れっぽかったし、それは今も健在」

からかう口調にまたムッとしてしまう。

「今は違うもん」

「違わねーよ」

「ねぼすけで忘れっぽいのは優太のほうでしょ」

「なんで俺なんだよ」

「なによ」

言い合っていると、大雅が声をあげて笑いだした。

「なつかしい！　そうやってふたりはいつもケンカしてたよね」

言われて思い出す。優太と漫才みたいなかけ合いをしたのは久しぶりだった。見ると、優太もおかしそうに笑っている。

まるで昔に戻ったみたいで私もうれしくなる。

「ケンカじゃねーよ。じゃれてるだけだよ、な？」

ひょいと顔を近づける優太。同じだけ顔を引きながらうなずいた。

それから優太はゆっくり夕日に目を戻す。優太の横顔が……ああ、赤く染まっている。

「ここからだと、町が切り絵みたいに見えるな」

「うん。そうだね」

もうすぐ沈みそうな太陽が最後の力をふりしぼり、町並みを黒く塗りつぶしているみたい。やがてこの町は影に飲み込まれるように夜を受け入れていくのだろう。

不思議だった。もうずっと感じたことのない平穏な気持ちが胸に広がっていく。

「記憶なんてさ——」

優太の口の動きがスローモーションに見える。

「思い出せなくてもいいんじゃね？　これから新しい思い出を作っていけばいいんだし」

「……え？」

それは小説のなかで大雅が言ってくれた言葉だった。三人に増えたから、セリフが分配されたのかな……？

「ユウはいいことを言うね」

ひょいと立ちあがった大雅がバッグを肩にかけた。

「じゃあ僕も悠花と新しい思い出を作っていくよ。そのほうが新鮮だもんね」

どうしよう、大雅の言葉が頭を素通りしていく。

小説と同じようで違う展開が起きているのはなぜ?

なんて答えていいのかわからずにうつむくと、優太の左足にあるミサンガもいつもより赤く映った。

「よし、じゃあ帰るか」

優太が立ちあがるのをさみしく感じるのはなぜ?

歩き出す優太のうしろ姿ばかり見てしまうのはなぜ?

違う、と意識して大雅に視線を移すけれど、小説にあったような彼への感情はどこを探してもなかった。

【第二章】雨が泣いている

られている。

「なんでそんなことが言えるのよ」

お母さんの声に、夕食の席はひりついた。視線は横に座るお父さんにまっすぐ向けられている。

「いつまでも叶人の部屋をそのままにしておけないから整理しよう、って言っただけだろ。別にヘンなことじゃない」

不機嫌に鼻でため息をつくお父さん。

カシャンと乱暴にお母さんが箸を置く音が続いた。

「だから、なんでそんなひどいことが言えるの、って聞いてるの。まるで叶人の存在を忘れようとしているみたいじゃない」

「そんなつもりはない。お前こそ、なんでそんなに突っかかるんだよ」

今日のおかずは肉団子の甘酢とナスのお浸しとコーンスープ。和食、洋食に中華が混在している。

どれもおいしそうだけど、おいしそうじゃない。食事は味だけじゃなく、環境や雰囲気が大事なのにな。

私の座る左斜め前の椅子は、二年間以上も主《あるじ》の帰りを待っている。

ぼんやり椅子を眺めていると、

「悠花だっておかしいと思うでしょう?」

お母さんが同意を求めてきた。

いつだってそうだ。ふたりがケンカをすると私にジャッジを託してくる。

「……え？」

「聞いてなかったの？　お父さんが叶人の部屋を片づけるって言ってるの。あの子の存在を消そうとしてるのよ」

「そうじゃない。整理するくらい、いいよな？」

ふたりは私が答えを出せないことを知ってて聞いてくる。

「……ごめん。わからない」

「わからないことないでしょ。なんで自分の意見を言えないのよ」

「そんなんじゃ社会に出たときに苦労するぞ」

ほら、こうして私に矛先を向けることで直接対決を避けているんだ。ふたりの怒りはベクトルとなり、家族の間を行き来する。最終的には私に向けられることが多いし、それも仕方ないとあきらめている。

お父さんは食事の途中で席を立ち、自室に戻ってしまった。お母さんはイライラを隠さずにため息ばかり。

冷めたおかずはどれも同じ味に思えてしまう。ただ口に入れ飲み込むだけの作業をくり返しているみたい。

「ねえ、悠花」

さっきよりいくぶんやわらかい声でお母さんが言った。

「ひょっとしたら、お父さんとお母さん、別れることになるかもしれない。そうなってもいい？」

私が答えないことを知ってるから聞いてるんだよね？

もう一度、叶人の席を見やった。叶人が入院する前はどんな会話をしていたのか、思い出そうとしても浮かんでこない。

昔はよくしゃべっていたのに、先に話をしなくなったのはきっと私のほう。理由もないのに話をするのが嫌になっていったし、やがて叶人も同じように口を閉ざした。

今になって思えば、あれが反抗期だったのかもしれない
お互いに無関心を装っていた記憶だけは、永遠に消えないアザ。

叶人との思い出を美化する資格は、私にはない。

重い空気のなかで食べる食事はなんて味気ないんだろう。


久しぶりに入った叶人の部屋は、あのころのままだった。

六畳の部屋は叶人だけの天体観測所。

壁には星の天体図が描かれた大きなポスターが貼ってあり、窓辺にはクリスマスプ

レゼントでもらった天体望遠鏡が飾ってある。ベッドの横にある小さな地球儀のような機械は、天井に星空を映すことができる簡易型のプラネタリウム。

叶人はいつも星空のことばかり考えていた。空ばかり眺める叶人には、あまり友達もいないようだったけれど、本人は平気だったみたい。

まだ話をしていた時期に、この部屋に入ったことがあった。

『なんで星ばっかり見てるの？』

そう尋ねた私に、叶人は照れたように笑った。

『僕はね、いつか雨星を見てみたいんだ。雨星が降る日に奇跡が起きるんだよ』

『雨星ってなに？』

『んー。実は僕もよく知らないんだよね。雨星は必要な人が自分で知って、必要な人のもとにだけ現れるんだって』

くしゃっと無邪気に笑っていたっけ。

雨星の意味はわからなかったけれど、偶然見つけた『パラドックスな恋』に同じ単語が出てきたときは驚いた。私があの小説を愛してやまないのは、叶人の面影を感じられるからというのも理由のひとつかもしれない。

とはいえ、あの小説のなかにも雨星の意味についてははっきりと書かれていなかったけれど……。

る。

机の上には惑星を模《かたど》ったキーホルダーや、SF映画のチラシが几帳面に飾ってある。

小さい椅子に腰をおろして、部屋を見渡しているとベッドの下になにかあるのが見えた。

絨毯に這いつくばり手を伸ばすと、それは大きな本だった。図鑑くらいの大きさで、『宇宙物理学における月と星について』という硬いタイトルに似つかわしくなく、表紙にはかわいいイラストがクレヨンタッチで描かれている。

パラパラとめくると、図入りで宇宙についてひとつずつ解説をしている本みたい。

本を裏返すと、印刷された紙がラミネート加工されて貼ってあった。

『長谷川《はせがわ》私設図書館　う―13469』

ひょっとして……図書館の貸し出し本?

背表紙をめくるけれど貸し出しカードは見当たらない。思い返せば、長谷川私設図書館の話を叶人がしていた気がする。『星の本がたくさんある図書館があるんだよ』って……。

叶人が亡くなって二年が過ぎようとしている。その間、ずっと借りていたなら大変なことだ。いくら図書館とはいえ、延滞代金の請求があることも考えられる。

「どうしよう……」

お母さんに相談しようと思ったけれど、機嫌の悪さに拍車をかけてしまうのは目に見えている。

とりあえず自分の部屋に持っていこう。返却については一度問い合わせてみればいい。事情を話せばわかってもらえるかも……。

ついでに簡易型のプラネタリウムも借りることにした。前から興味があったし、このまま整理されてしまうのは惜しい気がしたから。

コードをだらんと垂らしたまま小さな地球儀みたいな機械を手にすると、思ったよりも軽かった。

自分の部屋に戻る。叶人の部屋と比べると、なんて主張のない部屋なんだろう。

カーテンを閉める前に空を確認した。今夜は雲が覆っていて、月も星も見えない。まるで我が家のように真っ暗で不穏な空だ。

過去を忘れられないお母さんと、前に進みたいお父さん。

「どっちが正しいと思う？」

そんなこと聞かれても叶人は困るだろう。どっちを選んだとしても悲しいと思うから、答えることができなかった。

ふたりにはそんな私の気持ちなんてわからないよね……。

カーテンを閉めてから、プラネタリウムをセットし部屋の電気を消した。スイッチを入れると、モーター音もなく天井にぼやけた夜空が映し出された。本体の軽さに反して、まぶしいほどの光が機械から放たれている。

脇にあるノズルで調整するけれど、なかなかピントが合ってくれない。機体は自動で回転するらしく、空も同調してゆっくりと動いている。

ベッドに横になると、まるで山の頂上で寝転んでいる気分。星の名前はわからないけれど、天の川くらいはわかる。

叶人も同じ星空を見ていたんだね。

叶人のことを、ずっと考えないようにして生きてきた。彼の死を思い出すたびに大声で叫びたくなるし、泣けば涙と一緒に思い出までもこぼれ落ちてしまう気がするから。

学校にもちゃんと行けているし、ご飯だって食べられる。

忘れたわけじゃない。でも、思い出せば、彼に対してやさしくなかった自分のことも同時に悔やんでしまうから。

お父さんとお母さんも、現状の苦しみから逃れたいからこそ変化を望んだり拒んだりしているのかもしれない。

叶人がいなくなってから、居場所がなくなった家族はみんな迷子になっている。

私も同じだよ、叶人。

泣きたくないのに、あまりに人工の星が美しくて視界は潤む。

亡くなったあとで後悔したって遅い。昔、なにかの本に書いてあったことが今さらながら胸を締めつける。

もっと話せばよかった。もっと話を聞いてあげればよかった。

病気になり孤独になった叶人に、私はなんにもできなかった。

涙でゆがんだ星たちは、ぼやけて光っていた。

「僕は悠花と新しい思い出を作っていくよ。そのほうが新鮮だもんね」

ひょいと立ちあがる大雅の表情が、逆光で見えなくなる。

ズキンと胸が痛くなった。

自分を責めながら、なぜか大雅から目が離せない。

――あるわけない。

――こんなの恋じゃない。

何度自分に言い聞かせても、どんどん頬が赤くなるのを感じる。

もっと大雅の顔を見ていたい、そう思った。

（つづく）

いつものように学校のトイレでスマホを確認すると、『パラドックスな恋』は更新されていた。昨夜まではなかった第一章の終わり――夕日を見たシーンまでが記されていた。

けれど、内容はこれまで読んできた展開そのまま。優太に当たる伸佳は夕焼け公園には来ていないし、主人公は大雅に淡い恋心を抱きはじめている。

現実世界で起きたことは、小説に反映されないのかもしれない。

これからの展開はどうなるのだろう。第二章を思い出そうと目を閉じる。

「……あれ?」

なぜだろう、夕焼け公園のシーンのあとどうなったかが浮かんでこない。こんなこと、初めてだ。

体を小さくして意識を集中させると、ようやくぼんやり展開が浮かんだ。

「そっか……。大雅が風邪を引くんだ」

大雅が学校を休んだ日に私はお見舞いに行く。そして、妹である知登世ちゃんに会うんだ。

最後はふたりきりで夕焼け公園に行き、私は大雅への恋心を確信する、という流れ。

憧れてやまなかった展開なのに、不思議と冷静な自分がいる。

大雅とちゃんと話ができていないからかもしれない。夕日を見たのも、結局はふたりきりじゃなかったし……。

しばらくぼんやりと画面を眺めてから、スマホをスカートのポケットにしまった。

そろそろ始業のチャイムが鳴るころだ。トイレから出ると、ちょうど木村さんが登校してきたところだった。

「おはよう」

と、相好《そうごう》を崩す木村さん。久しぶりに近くで顔を見た気がした。

「あ、おはよう」

ふたりで並ぶ形で教室へ向かう。

「柏木さん、次の委員会って何日だったか覚えてる？」

「えっと、今度の金曜日じゃないかな」

「金曜日かぁ。どうせ草むしりの続きだよね。腰が痛くなるし汚れるし、ほんと苦手。そんなんだったら映画観に行きたいよ」

ぶすっとする木村さんがなんだかかわいい。

私と木村さんが入っている環境整備委員会は、名前はかっこいいけれど、やっていることは草むしりや備品チェックなど地味なものばかりだ。

「金曜日は……」

あまりにも小さな声なことに気づき、言い直すことにした。

「金曜日は雨の予報。中止が期待できるかも」

そう言う私に、木村さんはなぜかうれしそうに笑った。自分でも気づいたのだろう、「違うの」と片手を胸の前で振った。

「最近の柏木さん、すごく話しやすいからうれしいなって思って。あ、前が話しにくかったわけじゃないからね」

「そう、かな」

なんだか急に恥ずかしくなり、そこから会話を交わすことなく教室に入る。

自分の席へ直行すると、待ち構えていたのだろう、日葵が「ねえ」と体ごとうしろを向いた。

大雅が風邪で休むという報告かもしれない。

「大雅からＬＩＮＥが来てさ、風邪引いて休みみたい」

「うん」

「え、知ってたの？」

つい当たり前のようにうなずいてしまった。

「知らない。ごめん、寝ぼけててちゃんと聞いてなかった。風邪なんだね」

しどろもどろに訂正すると、日葵は大雅の席のほうに視線を向けた。

「大雅って今、ひとり暮らしの状態なんだって。家族はあとで引っ越してくるって言ってた」

「へえ……」

「昔から大雅って体弱かったよね」

「そうなんだ」

「幼稚園で遠足とか行った翌日は、たいてい寝込んでたよ。日常とは違う変化があると、体調が悪くなっちゃうみたい。転入したてで疲れが出たのかもね」

妹の知登世ちゃんが来るから大丈夫だよ、と言いそうになる口を閉じた。あれは小説のなかの話だ。

このあと、小説では日葵がお見舞いに行くように私に進言する、という流れだ。身構えていると、隣の席で寝ていた優太がムクッと顔をあげた。

「ビタミン系の飲み物と、エナジー系の炭酸飲料、あとはお弁当だって」

ぶっきらぼうに言うと、大きなあくびをしている。

「なに、優太にも連絡来てたんだ？」

日葵の問いに優太は眠そうな目で「ん」と答えた。

「俺は部活あるから、日葵が行くって伝えておいた。あとは頼む」

「なんであたしなのよ」

「しょうがねーじゃん。だって、悠花は大雅のこと覚えてないんだから」

え、私が行くんじゃないの？

驚きのあまり声の出ない私に、優太はやわらかくほほ笑んだ。

「覚えてないのにお見舞いに行くのはキツいだろうしさ」

「ちょっと待ってよ。悠花、大雅のことマジで覚えてないの？」

日葵が思いっきり首をかしげた。

「あ、うん。覚えてないの」

「全然？」

日葵が問い詰めるように顔を近づけたのでうなずく。

「全然、ちっとも、まったく」

小説とは前後しているけれど、たまに会話がシンクロしている。

あきれたような顔の日葵がうなずいた。

「じゃあ放課後、ふたりでお見舞いに行くことにしよう。きっと会えば少しずつ思い出せるはず」

ふたりで……。そうだよね、そのほうがいいかもしれない。

答えるよりも早く、

「後藤さん」

兼澤くんが日葵に声をかけた。

兼澤くんとはまだしゃべったことはないし、こんなに近くで見るのも初めてのこと。長めの前髪にメガネのせいでどんな表情なのかよくわからない。

「どうかした？」

「あの……この間言ってた漫画なんだけど、全巻手に入ったから」

メガネをかけ直しながら言う兼澤くんに、日葵は紙袋を見やったあとパチンと拝《おが》むように手を合わせた。

「ごめん。漫画の話は学校ではナシってことで」

「あ……でも」

兼澤くんが手にしている紙袋にはおそらくその漫画が入っているのだろう。

「別にヘンな意味じゃないんだけど、学校ではテニスに燃えているキャラでいたいの。それに漫画は電子で読むから大丈夫なんだ」

「そう」

「うん、ありがとうね」

自分の席に戻っていく兼澤くんがかわいそうに思え、日葵に声をかけたくなった。けれど、日葵はもう私に背を向けてしまっている。

結局なにも言えないまま、机とにらめっこをした。

「今のはねえよ」

優太の声に顔をあげた。

「うるさいな。優太には関係ないでしょ」

「関係なくねえよ。カネゴンがかわいそうだろ」

そういうあだ名を優太につけられているところが逆にかわいそうになる。

「うるさいな。放っておいてよ」

席を立つ日葵に声をかけられなかった。優太も舌打ちを残してどこかへ行ってしまった。

こんな展開は小説にはなかった。といっても、あの小説は短いし、日常の細かなところまで記載するのは難しいだろう。

まあ……日葵は恋愛が苦手だって公言しているから、男子との接点も作りたくないのかも。

私だってそうだ。あの小説の主人公みたいに、もっと大雅に近づきたいのに勇気が出ない。

大雅を心配する気持ちがないわけじゃないけれど、ひとりでお見舞いに行くのを避けられてよかった、と思う自分がいる。

私の発言や行動でいろいろと変化しているんだろうな……。

なんだか、小説の主人公を裏切っているような気がした。

さっきから日葵は右手にはスマホ、左手には重いエコバッグを持って歩いている。

私も荷物を持つと言ったけれど、『悠花には重すぎる』と一笑された。

「あそこのマンションだね」

大股で歩く日葵に置いていかれないようについていく。

大雅のお見舞いに向かっているなんて不思議だ。小説の世界を体験したいと思っていたけれど、それはあくまで私が小説のなかに飛び込みたいというもの。まさか、現実世界で同じことが起きるとは思わなかった。しかも、微妙にずれているし……。

ようやくマンションのエントランスに近づく。小説を読んだときに想像する建物よりも少し大きかった。

きっと知登世ちゃんにここで会うのだろう。

あれ、そのあとどうなったっけ……。また先の展開がぼやけている。思い出そうとしても、知登世ちゃんとどんな話をしたのか頭に浮かばない。何度も読んだ物語なのになぜだろう。

たしか……大雅への恋心を確信するんだよね。

「でもさあ」

エコバッグを軽く振りながら日葵がぼやいた。

かった。

「最近、優太ってムカつかない？　なによエラそうに」

　今朝の言い合いが尾を引いているらしく、今日は最後までふたりの間に会話はな
かった。

「そうだね。でも……」

「兼澤くんだって、なにもみんながいるところで漫画のこと言わなくてもいいじゃん
ね」

「うん。でも、漫画の話くらいはいいんじゃない？」

「やだよ。だってあたし、今――」

　言葉を呑み込むようにあごを動かしてから、日葵は不機嫌そうな顔を向けてきた。

「ていうか、恋愛なんてしたくないって言ってるでしょ」

「そうだけど……」

「もうこの話は終わり。大雅も風邪治ったみたいだし、ふたりで元気づけてあげよう
よ」

　マンションに入ると、日葵はちょうど出てきた男性と入れ違いで自動ドアのなかに
入った。私も閉まる前に滑り込む。

　ここで知登世ちゃんが現れるはずなのに……。

　キョロキョロとしているうちに、日葵はさっさとエレベーターに乗り込んだ。

「悠花、早く」

せかす声に私もエレベーターに乗った。二階のボタンを押すと、音もなくドアが閉まった。ふわっと生まれる浮遊感は一瞬のことで、すぐに二階に到着する。

先におりて右へ進もうとする私に、

「ねえ悠花」

と、日葵が呼び止めた。

ふり向くと、日葵が困ったような顔でまだエレベーターのなかにいた。

「悠花に聞きたいことがあるんだけど、いい？」

「え……うん」

どうしたんだろう。日葵はドアが閉まらないように押さえながら、眉間にシワを寄せている。

「この前さ、大雅のことどう思ってるのか聞いたじゃん。あのときはごまかしてたけど、ちゃんと聞かせてよ」

「それって……なんで？」

「だって大雅の記憶がないって言ってたから。覚えていないのに、それでも好きなのかな、って？」

日葵の疑問にはうなずける。

小説の世界では、主人公に同化して大雅に恋をしている。けれど、現実世界の大雅に恋をしているのかと尋ねられると、やっぱりよくわからない。

ここもまた物語が変わる分岐点なのだろう。大雅とのハッピーエンドを目指すなら、正しい道へ進まないといけない。

なんだか、一度やった恋愛シミュレーションゲームを再プレイしているみたい。

すう、と息を吸ってからまっすぐに日葵を見た。

「好きだよ。記憶はなくても、心が覚えている気がしてる。今はちゃんと思い出せていないけど、気持ちは変わらないよ」

あの小説の主人公ならきっとこう答えたはず。

日葵はしばらく黙っていたけれど、やがて「ふっ」と笑った。

「そっかー。悠花もちゃんと恋をしてるってことか」

「日葵だって兼澤くんのこと、ちゃんと考えてあげたほうがいいよ。漫画を借りてみるのはどう？」

「急に恋愛の達人っぽくなるのやめてよねー。あたしは恋愛はしないんだって。恋愛なんてしたら、自分の感情だけじゃなくて友達関係までおかしくなりそうだし」

よくわからないことを言ったあと、日葵はエレベーターの外にエコバッグをひょいと置いた。

「ということで、あたしは帰るから」

「え!?　どうして?　大雅の部屋、すぐそこだよ」

いきなりの急展開に驚いてしまう。ドアを押さえていた手を放した日葵が、胸の前で小さく横に振った。

「ここが距離をグッと縮められるチャンスなんだからがんばりなよ。バイバイ」

あっけなく目の前でエレベーターのドアが閉まった。

いきなりの展開に驚いてしまうけれど、ふたりきりで話す機会が小説よりも少ないのはたしかだ。

でも、このあと知登世ちゃんに先に会うんだよね。大雅とふたりきりになれるのは、帰り道、送ってもらうときだったはず。

意を決し、二〇五号室の前へ行く。

うしろをふり返るけれど、知登世ちゃんは姿を現さない。

とりあえず先に進まなくちゃ。インターフォンを押すと、しばらくして「はい」と大雅の声が聞こえた。

「あの、悠花です。お見舞いに来ました」

「え、悠花!?　ちょっと待ってて。今、シャワーを浴びてたところでね。すぐに着替えるから」

「はい」

敬語で話している自分に気づき、肩を上下させ深呼吸をした。待っている間、廊下の手すりに腕を置いて外の景色を眺める。

あ……日葵が帰っていくのが見える。いつも元気なイメージなのに、太陽が作る長い影のせいで落ち込んでいるように見えた。

ふいに日葵がふり返った。

「日葵」

きっとこんな小さな声じゃ届いていないのに、日葵は大きく手を振ってくれた。影も一緒に手を振っている。私も精一杯腕を伸ばして手を振った。

うしろでドアの開く音がした。

「お待たせしてごめんね」

まだ濡《ぬ》れた髪の大雅が、黒いスウェットを着て立っていた。顔色もいいし、にこやかな笑顔は体調がよくなったことを表している。

「あれ、日葵も来るって聞いてるけど?」

あたりを見回す大雅に、

「そうだったんだけどね、急用みたいで……。これ、三人からのお見舞い」

とっさに理由をつけ、エコバッグを手渡す。

ガバッとエコバッグを開けた大雅が、うれしそうにスポーツドリンクを取り出した。

「うれしいな。食べ物も飲み物も底をついてたから助かるよ」

よほど喉が渇いていたのだろう、ペットボトルのフタを取り、一気飲みする大雅。

玄関には大雅の靴しか置いていない。

「あの、知登世ちゃんは？」

「グッ」

喉からヘンな音を立てた大雅が、ムセそうになっている。なんとかこらえてドリンクを口から離すと、思いっきり首をかしげた。

「僕、知登世のこと話したことあったっけ？」

「あ、ごめん」

ヤバい。思わず口にしてしまった。現実世界では知登世ちゃんについて知らないことになっているんだった。

言い訳を考えていると、「そっか」と大雅はうなずいた。

「ユウから聞いたんだね」

「あ……うん。そうなの」

優太に感謝しながら大げさにうなずいてみせた。

「知登世とは年が離れてるんだけど、僕よりもしっかりしてるんだよ」

ふにゃっとした笑みで宙を見る大雅。もうこれ以上余計なことは言うまい、と自分に言い聞かせる。

「来週あたりかな。家族みんなで越してくるよ。それまではひとり暮らしをしてるってわけ」

「うん」

「だから、いくら幼なじみでも悠花を家にあげることはできないんだ。男女ふたりが同じ部屋にいた、って噂が広まったら悠花に悪いし」

申し訳なさそうに言う大雅に、慌てて両手を横に振った。

「全然いいよ。そもそも風邪なんだから寝てないと」

小説のなかでは知登世ちゃんがいたから部屋にあげてもらえたってことか……。真面目な大雅に好感を持ちつつ、一歩下がった。

このあと、大雅は『じゃあ、途中まで送るよ』と言うはず。ふたりで夕焼け公園に行き、話をするのが第二章のメインイベントだから。

そこで私は大雅への気持ちを知ることができるのかな……。

けれど、

「じゃあ、今日はありがとう」

あっけなく大雅がそう言うから、私もうなずくしかなかった。

「お大事にね」

そう言ったあと、私は階段に足を進める。階段を一歩ずつおりていると、ドアが閉まる音に続き、内側からロックをかける音がした。

……なぜかホッとしている自分がいた。


町は静かに今日という日を終えようとしている。

夕焼け公園のベンチに座り、少しずつ光を失っていく世界を見ていた。目の高さまで落ちてきた太陽が、うろこ雲を金色に染めている。風は秋の色が濃くなり、もう夏はいないと教えてくれている。

大雅とふたりきりで来るはずだったベンチにひとり。不思議とさみしくはなかった。

それよりも一度、現状を把握したいと思った。

時間が経つごとに、小説の展開が頭からこぼれ落ちていくみたい。ここにも大雅とふたりで来たことは覚えているけれど、セリフのひとつも浮かんでこない。

どんどん小説の展開とずれていくことで、未来が消去されている気さえしている。

そもそも、今起きていること自体説明がつかないことだらけ。

大雅に会うことができたら、絶対に好きになると思っていた。物語の主人公として彼に恋をし、最後は結ばれる――と。

でも、大雅への気持ちを考えてもよくわからない。恋をするってどういうことなのだろう。

「これじゃあ日葵と同じだ……」

日葵は無事に帰れたのかな。なんだか今日はいつもの日葵と違う気がしたけれど、応援してくれているんだからがんばらないと。

背筋を伸ばし自分を奮い立たせるそばから、心の声が聞こえてくる。

――恋はがんばってするものなの？

ああ、もうなにがなんだかわからない。これから先、どうやって大雅と接していけばいいのだろう。

ため息をつくと同時に、砂利を踏みしめる音がしてふり返る。

ひょっとして大雅が来てくれたの？

「なんだ。やっぱりここにいたか」

夕日に照らされた人影は――優太だった。

「なんで？」

思わず強い口調になってしまうけれど、優太は気にする様子もなく当たり前のように隣に腰をおろした。

「部活早あがりして大雅んとこ行ったんだよ。そしたら日葵は来てないって言うし、悠花も帰ったって聞かされてさ」

「ああ……」

「俺も帰ろうと思ったんだけど、空がコレだからさ」

長い指で上空を指す優太に、

「私も同じ。ちょっと夕日が見たくなったの」

そう答える。

なぜだろう、驚きよりもうれしさが勝っている。

「俺たち最近ここばっか来てるな」

「だね」

「大雅、すっかり回復したみたい。月曜日からは学校に来れそうだってさ。はい、これ」

バッグから取り出したペットボトルを手渡してきた。

「って、悠花と日葵が買ったやつを失敬してきたんだけど」

「あ、うん」

まだひんやり冷たいペットボトルのなかには、薄い青色のスポーツドリンクが入っている。たしか小説のなかでは透明色だったよね。

同じペットボトルを手にした優太がいたずらっぽく笑った。

「え、二本もらってきたの？」

「大丈夫。俺のおすすめのヤツと交換してきたから。ついでに冷凍食品も差し入れしたし。それより、ほら見て」

ペットボトルを目に当ててると、そのままあごをあげる優太。

「こうして空を見るとキレイだからやってみて」

「………」

「あ、バカにしてんだろ？」

ペットボトルを目に当てたまま抗議する優太に笑ってしまう。

「そうじゃないけど、だまそうとしてない？」

「違う違う。まるで海の底から空を見ているみたいで不思議な感じがするんだ。マジだからやってみてよ」

目を閉じてまぶたにペットボトルを当ててみる。冷たい感触に、すっと気持ちが落ち着くようだ。

ゆっくり目を開ければ、そこには波打つ空が広がっていた。薄紫色に広がる世界は決して視界がいいとは言えないけれど、夕焼けに変わりゆく空のグラデーションが美しかった。

細くたなびく雲は海藻《かいそう》のようにゆらゆら揺れている。沈みかけた太陽は、まるで波の向こうにあるみたい。優太の言うとおり、海の底から空を見ている気がする。

「ほんとだ。海のなかにいるみたい。あの鳥も魚が泳いでいるみたいに見える」

「だろ。俺って天才」

ペットボトルを目から離すと、キヒヒと笑う優太がいた。

風が、優太の髪をやさしく揺らしている。

この瞬間を切り取って保存できたらいいのに。

「もちろん、普通に見る空がいちばんだけどな」

優太につられて、私も真上に目をやる。夕暮れは濃くなり、夜の藍色が広がっている。小さな星の光が見えた。

「雨星って知ってる？」

そう尋ねたのは、自分の意志だった。叶人が話していた雨星のことを、優太に聞いてみたくなったから。

「知ってるよ。叶人がよく言ってたもんな」

当たり前のように言った優太が、なつかしそうに目を細めた。

「やっぱり叶人、いろんな人に教えてたんだね」

「あいつ、言うだけ言って、どんな星なのかは自分も知らないんだって。スマホで検索しても出てこねーし」

「私も。だからいまだに解明できてないんだよね」

「あいつは俺たちに大きな謎を残した。図書館でも行かないと解明は難しいだろうな」

〝図書館〟のキーワードに、叶人が借りていた本のことを思い出した。ハッとする私に優太はきょとんとしている。

「叶人の部屋で図書館の本を見つけたの。よく行ってた図書館らしくて、星の本がたくさんあるんだって」

たしか長谷川私設図書館、という名前だったはず。

「今さら返しに行くつもり？」

「だって借りっぱなしにしているのもよくないでしょう？」

「そうだけど」と言ったあと、優太は半分くらいに減ったスポーツドリンクを目に当ててまた空を眺めた。

「じゃあ俺もつき合ってやるよ」

「ほんと？　それすごく助かるよ」

ホッとする私に、優太は目だけをこっちに向けた。やさしい笑みを浮かべる優太を久しぶりに見た気がする。緩んだ目じりや白い歯に胸がひとつ音を立てた。

「……なに？」

だけど、口から出るのは素っ気ない言葉ばかり。

「いや」と首を横に振り、優太が座ったまま両手を伸ばして伸びをした。上空で離された手がすとんと落ちる。

「うれしいな、って」

「なにが？」

優太は立ちあがると、前方にある手すりに腰をおろしふり向いた。

「長いこと叶人の話を悠花のほうからはしなかったろ？　話したくないんだろうなって思ってたから俺もできなかった。だから、今すごくうれしい」

「あ……そう、だよね」

モゴモゴと口のなかで言う私に「でもさ」と優太は言った。

「叶人のことを思い出すことで傷つくこともあるかもしれない」

「うん」

たしかにそうだ。思い出すたびに誰もが心を揺さぶられ、ぎこちなくなるから。

お父さんとお母さんは、本当に離婚するのかな……。

「でも大丈夫」

顔をあげても、逆光のせいで優太の表情がよく見えない。

「いざとなれば俺が守ってやるからさ」

……小説のなかでは大雅が言っていたセリフ。たまに会話の主が変わることがあっても、ここまで完全に入れ替わることはなかった。

これは……どういうこと？

「そんな顔すんなよ。冗談だよ」

ひょいと手すりから離れた優太に、

「わかってるって」

軽い口調を意識しつつ立ちあがった。

「でも……ありがとう」

「おう」

背中で答えた優太はバッグを手に歩き出す。やっぱり優太は名前のとおりやさしい人なんだ。ぶっきらぼうだけど、ちゃんと気にしてくれている。

じんとお腹が熱くなっている気がして、右手を当てた。

ひょっとしたら私は……優太のことが――。

そこまで考えたとき、脳裏にフラッシュバックのように映像が映し出された。

雨ににじんだ横断歩道、遠くの夕焼け、ブレーキの音。

これは、小説のなかで起きる展開だ。文章を読んで想像していた光景がはっきりと思い出せる。

急に立ち止まる私に、優太がなにか言っているけれど声が頭に入ってこない。

なぜ忘れていたのだろう。このまま物語を追ってしまうと、あの展開に行きついてしまう。
大雅は——交通事故に遭ってしまうんだ。

リビングに顔を出すと、お母さんがサッとなにかを隠したのが見えた。

「ただいま」

洗面所に水筒を置き、そのまま手を洗う。

「遅かったのね。疲れたでしょう、先に着替えてきたら？」

こんなやさしい言葉をかけてくるのは、なにか隠している証拠。親子そろってウソが苦手だからすぐにわかる。

「なに見てたの？」

ソファを指さすと、「ああ」と作り笑顔を消した。

「住宅情報誌を見てただけよ」

忙しく夕食の準備をはじめたお母さんに「そう」とだけ伝え、部屋に戻った。

着替えている間も、ずっと大雅のことが頭にある。恋とかじゃなく、大雅が事故に遭う未来を思い出してしまったから。

あのあと、動揺する私に優太は何度も理由を尋ねてきたけれど言えなかった。こんな話、誰も信じないし、信じさせる自信がない。

スマホを開くと、大雅の部屋にお見舞いに行ったところまで更新されていた。ふたりきりでの夕焼け公園のエピソードはまだ載っていない。これまで読んできたものと同じ展開だ。

「どうしよう……」

部屋のなかをウロウロしてもなにも解決しない。

大雅が事故に遭うことを避けるには、どうすればいいのだろう。大雅に事情を説明しても、絶対に理解してもらえない。

大雅が事故に遭うのは、夕焼けのなかで雨が降っているという変わった天気の日。雨星は降っていたのだろうか。

意識を集中して思い出そうとしても、やっぱりダメ。そもそも、雨星がなんなのかわからない私にはたどり着けない答えなのかもしれない。

事故が起きたあとの展開はどうなるんだっけ？　その先にまだなにかあったような気がする。

「悠花」

声にギクリとしてふり返ると、お母さんがドアを開けて立っていた。

「何度も呼んだのよ」

「あ、ご飯?」

平然を装おうとしてもムリだ。霧のなかを覗くようにぼんやりした未来に、不安が押し寄せてきている。

お母さんが、しばらく考えてから口を開いた。

「さっき見られちゃったから正直に言うわね。しばらくお父さん、帰ってこないことになったのよ」

「……それってどういうこと?」

「別居することになったの。たぶん、離婚することになると思う。この家は売ることになるだろうから、それで賃貸物件を探してたの」

「そう」

そんなこと急に言われても、今はなんの情報も入ってこない。

「そう、って……悠花はそれでいいの?」

いいわけないじゃない。叶人がどれだけ悲しむと思ってるのよ。どうしてこんなことになるの?

だけど……気持ちはやっぱり言葉になってくれない。

「ごめん。今はちょっと考えられない」

相当ショックを受けたと思ったのだろう、

「ごめんなさいね」

と、お母さんはため息を残して部屋をあとにした。背を丸めたうしろ姿が、どこか今日の日葵に重なる。

気持ちを落ち着かせようと、窓を開けて夜を見た。斜め上に月が光っている。右側にはいくつかの星が光っていた。

心の騒がしさに反して、やけに静かな夜だった。


ここのところずっと雨が降っている。

放課後になっても変わらない天気は、心のなかに雨が溜まるように気持ちを重くしていく。

「柏木さん、まだ帰らないの?」

帰り支度をする木村さんに声をかけられた。

今日の委員会の草むしりは雨のため中止。代わりに備品チェックをやらされた。

「せっかくだから宿題していこうかな、って」

「雨もすごいしね」

最近は木村さんとも普通に話をするようになった。そうして知ったのは、木村さんは大の映画好きだということ。それも私たちが生まれる前に上映していた作品を愛していて、今日も備品チェックをしながらいろいろと教えてくれた。

あいかわらず上手な返しはできなくて謝ったところ、木村さんは『いいのいいの。聞いてくれる人がいるだけでうれしいから』と笑っていた。

通学バッグを手に取ると、木村さんは「ね」と私に言った。

「もしよかったらなんだけど、ニックネームで呼んでもらうことってできる？」

「木村さんのニックネームはキムだよね？」

「みんな苗字からつけたあだ名だと思ってるけど、女優のキム・ノヴァクからつけてるの。誰も知らないけどね」

「そうなんだ」

キムなんとかという女優のことを知らない私に、木村さんは「あのね」とうれしそうにはにかんだ。

「ヒッチコックの『めまい』とかで有名な女優さんでね、すごく憧れているの。キレイなだけじゃなく、演技が私を魅了して離さないの」

キラキラした瞳で語る木村さんに、私まで笑顔になってしまう。

「わかったよ、キム」

「よろしく、カッシー」

そう言ったあと、木村さんは首をかしげる。

「カッシーはしっくりこないから考えておくね。バイバイ」

「バイバイ」

手を振ったあと、急にさみしくなったのはなぜだろう。

スマホを取り出し、更新分まで小説を確認することにした。お見舞いに行った帰りに、大雅と一緒に夕日を眺めている描写を目で追う。

小説のなかには、主人公が恋した大雅がいる。でもあの日、一緒に夕日を見たのは優太だった。

大雅の席を見る。風邪のあと復帰した大雅は、前よりもっと話しかけてくるようになった。クラスのみんなが噂するくらい、私たちの距離は近づいている。

「でも……」

自分のなかに彼への想いがないことは、この数日で自覚している。

――私は、大雅に恋をしていない。

もともと、小説のなかの悠花とは見た目も性格も違いすぎるから、主人公になれないのはわかっていた。それよりも、もっと心配なのはこの先の展開だ。

「とにかく事故だけは避けないと……」

あいかわらず『パラドックスな恋』の展開は忘れたままだけど、大雅が事故に遭うことだけはわかっている。

どんなふうに事故に遭うのか、どれほどの傷を負うのかは思い出せなくても、何度もくり返し読むほど好きな話だからバッドエンドではないはず。

連載が進めば思い出せるかもしれない。そこまでは〝大雅に恋する私〟として、そばにいたほうがいいだろう。

窓ガラスに伝う雨を見た。流れて、ほかの雨粒と同化して、また離れていく。

まるで私の心みたい。いろんな感情がくっついたり離れたりしている。

「……待って」

思わず声にしていた。

この場面を覚えている。これは……小説のなかにも出てきたはず。

――ガタッ。

音にふり向くと、大雅が私を見てうれしそうに口元をカーブさせた。

「あれ、悠花」

やばいな、と身構える。このシーンは……。

「課題明日までだったの忘れてて取りに来たんだ。悠花は電気もつけずになにしてたの？」

「私は委員会、すぐ帰ろうと思ったんだけど、雨が激しいから――」

途中で言葉をごくんと呑み込んだ。思い出したばかりの記憶を急いで上映する。

雨の音がさっきよりもすぐ近くで聞こえた気がした。

私と一緒に空が泣いているみたい。

「私は平気。だって、今は傷ついてなんかいないから。大雅とまた会えたこと、すごくうれしく思ってるんだよ」

「僕もだよ」

「だったら教えて。いったい私たちになにが――」

「悠花のことが好きなんだ」


そうだった。ここで大雅に告白をされるんだ……。

ということは、小説は終盤に入っていることになる。

どうしよう。あれほど憧れていた告白のシーンなのに、自分の気持ちを確認した今、それを受けることはできない。

「雨が激しいから、日葵が部活終わるの待ってたところ」

とっさの言い訳につけ加え、

「もうすぐここに来ると思うよ」

けん制もしておく。

今ここで告白できない状況を作っておいたほうがいい。なんとかこの場面をすり抜けないと、と自分に言い聞かせる。

私の決意も知らずに大雅はスルスルと机の間を抜けると、優太の机の上に腰をおろした。

「雨だね」

「あ、うん」

あいまいに答え、カバンを整理した。

「なにか、悩んでるの？」

「ううん、別に」

「本当に？　なにかあるなら僕に――」

「私、帰らなくちゃ」

話の途中で立ちあがる私の腕を、大雅はつかんだ。思ったよりも大きな手に驚き、思考がフリーズしてしまう。

大雅が次にどんな言葉を言うのかすぐに頭に浮かんだ。小説と同じ展開にはしたくない。

「なあ悠花」

――ダメ。

「話したいことがあるんだけど――」

――それ以上言わないで。

「離して！」

強引に手を振りほどくと、傷ついた目をした大雅が視界のはしに映った。ううん、これは小説にあったように行動できない罪悪感が生み出した錯覚なの……？

笑え、と自分に指令を出すと、すんなり唇が動いてくれた。

「もう大雅、それセクハラだよ」

「あ、ごめん」

宙をかくように指先を動かしてからパタンと手をおろす大雅。

「なんかごめん。ちょっと話がしたかっただけなんだ。でも、やめておくよ」

どうしていいのかわからずうつむく私を置いて、大雅は教室を出ていったようだ。

遠ざかる足音は、すぐに雨音に紛れて聞こえなくなった。

……危なかった。

ため息をつき、教室のカーテンを閉めた。

窓の外は灰色の世界。これじゃ、今夜は星も見えない。

大雅を好きな自分を演じるのも難しいとなれば、どうやって事故を防げばいいのだろう。もうわからないよ……。

そういえば、叶人の借りていた本を図書館に返しに行かないと。ついでに雨星について も調べてみよう。

違うことで頭のなかを埋めようとするのに、さっきの傷ついた大雅の顔が浮かんでしまう。

誰かに悲しい思いをさせるのは、なんて痛いんだろう。

【第三章】月が銀河を泳いでいる

「図書館なんて久しぶりなんだけど」

日葵が大きな声で言うから、「シッ」と人差し指を唇に当てる。

もうこれで何度目かの注意だ。

「でもさあ、こんな暗くて本を読めるのかなあ」

天井を指さす日葵には、声を小さくする意思はなさそう。

駅前から普段は乗らない方面行きのバスに乗り、揺られること三十分。山の中腹にある図書館は噂には聞いたことがあったけれど、訪れたのは初めてのこと。

館内は広いわりに薄暗く、天井からはオレンジ色の照明がいくつかぶら下がっている。日葵が言うように、図書館にしては暗すぎる。

「とりあえず本を返すんだろ」

うしろで優太がそう言うが、貸し出しカウンターにも二階の閲覧《えつらん》スペースにも職員らしき人はいなかった。それどころか、土曜日というのにほかにお客さんの姿もない。

ふと、この光景をどこかで見た気がした。ああ、そうだ。『パラドックスな恋』でも同じ場面があったよね。

最近は直前にならないと小説の内容が思い出せないことが増えている。たしか、大雅が学校を休んでいて、その間に雨星について調べに図書館へ行くシーンが出てきたはず。

主人公が手にした本を見て、幼なじみふたりが顔をこわばらせる。そして、意味ありげにごまかされるというシーン。

叶人が借りていた本を改めて見る。クレヨンタッチの表紙は、小説内で出てきた本と同じだ。

今日来るとき、バスのなかでふたりに本の表紙を見せた。日葵も優太も、どちらもこの本は初めて見たと言っていたし、それはウソではないと思う。

それに改めて考えると、小説の内容との乖離《かいり》はほかにもある。

あの日から大雅は私にあまり話しかけてこなくなった。あんな露骨《ろこつ》に拒否してしまったから、そうなるのも当然かもしれない。

まるで小説と逆の展開になっているし、これでは雨星が降る日に大雅を助けられないことになる。

「ね、ここに座って」

閲覧コーナーを指さすと、ふたりは素直に座ってくれた。

正方形のテーブルの脇にあるスイッチを押すと、

「わ、まぶしい！」

日葵が顔をそむけた。テーブルの四方につけられたライトが白く光り、上空からはさらに明るいＬＥＤの照明が照らしている。

「なるほど、これで本が読めるってことか」

感心する優太に、日葵は退屈そうに椅子にもたれた。

「ここの見学会に来たわけじゃないんだよ。さっさと終わらせてお茶でもしようよ」

「いっそのことその本、カウンターに置いて逃げちゃおうか」

どこまで本気かわからない口調で優太は言った。

「それはヤバいって」

笑い声をあげた日葵は、さすがに声の大きさを自覚したのだろう、「いけない」と口を両手で覆った。

ふたりにちゃんと話をしたい。おかしなことを言うと思われてもいい。せめて、今の状況だけは伝えておきたかった。

ううん……助けてほしかった。

「ちょっとだけ話をしたいの」

そう言うと、ふたりは顔を見合わせてからこっちを向いた。

「ふたりに改めてヘンなことを聞くと思うけど、ちゃんと答えてほしいの」

日葵は口を押さえたままの格好でうなずき、優太は「ああ」と答えた。

なんて説明すれば伝わるのか、と数秒考えても言葉が選べない。視線を落とすと、そこには叶人が借りた本が置かれている。テーブルの照明が当たり、宙に浮いているように見えた。

『宇宙物理学における月と星について』のタイトルを指先でたどった。

「もう一度確認するけど、ふたりはこの本を見たことがないんだよね？」

「ないよ」「ない」

同時にふたりが答えた。長い経験だからわかる、やっぱりウソは言っていない。

小説と現実世界の差がひとつ、と心のなかでメモる。

「あと……私って小学三年生までの記憶がないの？」

「へ？」

日葵が「そうなの？」と質問をした私に尋ねてくる。

「私はあるつもりなんだけど、ふたりから見たらどうなのかな、って」

ギイと椅子を揺らせた優太が口を閉じたままでうなった。

「たしかに大雅のことは忘れてるみたいだけど、それくらいなんじゃね？」

「むしろ大雅の記憶だけすっぽり抜けてるように思えるよ」

そうだよね、と胸をなでおろした。だって、私には昔の記憶もおぼろげながらだけどちゃんとあるから。

叶人が生まれた日のこと。叶人と遊んだこと。たくさんの思い出が今も記憶として刻まれている。

「じゃあさ、小学三年生のときに私が交通事故に遭ったことって覚えてる?」

黙って首を横に振るふたりを見て、今度こそ安堵の息をつけた。

小説の設定と違い、大雅はただ転入してきただけということになっているみたい。だとしたら、いったいなんのために大雅はこの世界に現れたのだろう。雨星はどんな奇跡を起こしてくれるのだろう……。

今後の展開を考えても、わかっているのは大雅が事故に遭うこと。その先は……あ、やっぱりうまく思い出せない。

「記憶とか事故とかって、どういうこと? やっぱり悠花、なんかあったんだろ?」

優太が椅子を揺らしながら尋ねた。

ふたりにこの不思議な現象を理解してもらうことはあきらめた。小説と現実が混ざり合っているなんて意味がわからないだろうし。

「なんでもないよ。ちょっと聞いてみただけ」

ごまかしてみても優太にはお見通しなのだろう。目を細め、疑うような視線を送ってくる。

「そういえばさあ」

テーブルに両肘を置いた日葵が、光のなかでつぶやいたので、

「なになに」

その話題にすがりつくことにした。けれど、日葵の表情もどこか浮かない。

「こないだ大雅のお見舞いに行ったとき、なんかあったの？」

「なんかって？」

「ほら、ふたりの間に進展とかあったのかなーって。その後の報告がないからさ」

「ああ」と答えてから首を横に振る。

「エコバッグごと渡して帰ったよ」

「え……なんで？」

日葵の声が固くなった気がした。

「なんでって。大雅、風邪引いてたし、女子ひとりで部屋に入れるわけにいかない、って言われたから」

「……へえ」

なにか考えるように日葵はうつむいてしまったので、表情が見えなくなる。

本をペラペラとめくる優太は興味がなさそう。

「日葵？」

尋ねると、日葵はハッと顔をあげて笑みを作った。

「残念だったね。またきっとチャンスはあるよ」

「あたしが作ったチャンスを無駄にしたバツは重いよ。帰りにジュースをおごること!」

「あ、うん」

「だから大声を出しちゃ——」

カツカツ、と革靴の音が聞こえた。誰かが階段をあがってきている。

オレンジ色の照明のなか、長いシルバーの髪が見えた。優太も気づいたらしく本から顔をあげた。

女性だと思ったけれど、近づくにつれて長身の男性であることがわかる。優太も長身だけど、もっとスリムで繊細なイメージで、髪色によく似たスーツを着ている。ネクタイはスーツよりも少し濃い色で、切れ長の目によく似合っている。

「いらっしゃいませ。ちょっと外出していたものですみません。館長の長谷川と申します」

彼が頭を下げると、肩の下あたりまでの髪がさらさらと波のように動いた。年齢は二十代後半、もしくは三十歳くらいだろうか。美しい顔をした男性だと思った。

「こんにちは」「こんちは」

さすが体育会系というべき瞬時の挨拶をするふたりに、私も遅れて頭を下げた。

「お邪魔しています。うるさくしてすみません」

「構いませんよ。ここはあまりお客さんも来ませんから」

ほほ笑む長谷川さんの瞳が、優太の手元にある本で止まった。

「それはひょっとしてツータス・パンシュの本ですか？」

「俺じゃないです。こいつのです」

人差し指でさしてくる優太をひとにらみしてから、再度頭を下げた。

「弟が長い間お借りしたままだったようです。本当に申し訳ありませんでした」

まだ笑みを浮かべている長谷川さんが、どこかアンドロイドに見えてくる。顔立ちが整いすぎているからそう思ってしまうのかな……。

私をじっと見つめたまま長谷川さんが、あごに手を当てた。

「あなたは柏木悠花さんですか？」

「……そう、です」

ゆっくりと目を細めると、長谷川さんはやさしく目を細めた。

「そうでしたか。叶人くんからよく話は伺っていました」

「叶人が……」

思いもよらない場所で叶人の名前が出てきた。でも、叶人が借りた本だし、長谷川さんと顔見知りになっていてもおかしくないだろう。

「お世話になりました」

改めて礼をすると、長谷川さんはさみしげに目を伏せた。

「大変でしたね。大事な人を亡くされ、さぞかしおつらいでしょう」

「いえ……はい」

「その本は叶人くんのお気に入りで、よく読んでおられました」

日葵が優太になにかコソコソ話をし、そっと席を立つのが見えた。優太も「別にいいのに」とつぶやきながら席を離れていく。ふたりきりで話をさせよう、という日葵の気遣いだろう。

向かい側の席に腰をおろした長谷川さんの顔が、照明でさらに白く光る。私ももとの席に座った。

「あの……叶人が亡くなったことは誰に聞いたのですか？」

本が部屋にあったのなら、お母さんではないはず。

「本人からですよ」

「え、本人……？」

本人って、まさか叶人から聞いたってこと？

驚く私に、長谷川さんがゆるゆると右手を横に振った。

「すみません、言葉足らずでした。私と叶人くんは年齢は離れていますが、友達なんです。彼が入院してから毎日のように連絡はし合っていました」

そんなこと、全然知らなかった。

長谷川さんは少し考えてからスマホを取り出すと、画面を操作した。

「彼はこう書いています。『毎日必ずメッセージを送るよ。三日続けて届かなくなったときは、もう僕はいないと思ってね』と」

「……そうでしたか」

「二年前、連絡が来なくなって三日が過ぎた日に、静かに友の死を受け止めました」

本を手元に寄せた長谷川さんは、まるでそこに叶人がいるかのように小さく笑みを浮かべている。

「なんだか……ホッとしました。叶人にも友達がいたのですね」

「今でも彼は私の親友です」

そう言って、長谷川さんは奥の席でボソボソ話しているふたりを見やった。あのふたりが私にとってそうであるように、と言いたげなやさしい目線で。

「もうひとつ伺いたいことがあるんですけど……」

視線を私に戻すと長谷川さんは目じりを下げた。

「叶人がよく『雨星が降る日に奇跡が起きるんだよ』と言ってたんです。それについて、ご存じですか？」

「なつかしい。たしかによく言っておられましたね。けれど、私には残念ながら雨星

について の知識がなく、叶人くんからも教えてもらえませんでした」

「そうでしたか……」

バッグに入れているスマホで『パラドックスな恋』を開いて見せようと思ったけれど、きっと長谷川さんには意味がわからないこと。

「雨星は実在するんでしょうか？」

「流星群のことかな、と予想したのですが不正解でした。占いで〝雨星人〟という分類の名前もあるそうですが、それもダメ。誰もその謎を解くことはできないのです」

困った顔の長谷川さんに、思わず笑ってしまった。

「叶人の言う奇跡ってなんだと思いますか？」

「それもまた謎ですが、星にまつわる奇跡はたくさんあるんです。例えば流星群が奇跡を運んできてくれるとか、〝奇跡の星〟と呼ばれる星を見つけたら奇跡が起きるとか。古代から、人は夜空を見あげて願い続けているのでしょう」

奇跡なんて起きないからこそ、そう呼ばれている。もう二度と叶人には会えないし、仲がよかったとは言えない私に会いたいとも思っていないはず。

「彼はいつもあなたのことを心配していましたよ」

けれど、長谷川さんがそんなことを言うから、胸が大きく跳ねてしまう。

「私のこと……ですか？」

「入院してからは特にそうでした。どんどん元気がなくなる悠花さんのことばかり、メッセージに書いてありましたから」

「ああ……」

漏らす言葉に、向こうのふたりが何事かと顔を向けているのが見える。同時に鼻の奥がツンと痛くなった。

「私……全然いい姉じゃなかったんです」

「それはあなたから見た事実であって、彼にとっては違うかもしれませんよ。本当に悠花さんのことを心配していましたから」

こみあげる涙はあっけなく頬にこぼれ落ちた。私なんかをどうして心配してくれたの？

この涙は、後悔と懺悔《ざんげ》と取り戻せない時間を嘆いてこぼれていると思った。

「叶人が亡くなってから、友達にも叶人の話ができなくなりました。それどころか、普通の話もできなくなって……」

「はい」

「両親の仲も悪くなって、離婚するかもしれない。それなのに……なにも、言えないんです」

なぜ初対面の長谷川さんにこんなことを話しているのだろう。ポロポロこぼれる涙と言葉たちを止めることができない。

バッグからハンカチを取ろうとしたときだった。

「おい」

うしろから大きな声がして、優太が駆け寄ってきた。

「あんた、悠花になにか言ったのか？」

「え、ちょっと――」

「悠花になにか余計なこと言ったんだろ」

食ってかかる優太を、なぜか長谷川さんはにこやかに受け止めている。

「優太、やめてよ」

慌てて止める私を優太は不満げに見た。

「悠花だって、叶人の話を振ってもずっと拒否してただろ。やっと最近になって話せるようになったのに、なんで初対面のこいつにペラペラしゃべってんだよ」

「それは……」

自分でも主張がおかしいと思ったのだろう。優太は頭をブンブンと横に振ると、

「もういい」と吐き捨て歩き出す。

「待ってよ」

階段の手前でピタリと足を止めると、優太はまた首を横に振った。

「ごめん。俺、おかしいわ。失礼しました」

最後の言葉は長谷川さんに向けて言ったのだろう。

「構いませんよ」

長谷川さんの答えに、優太はまたムッとした表情を浮かべ、そのまま階段を駆け足でおりていってしまった。

「待ちなって！　悠花、あたし追いかけるね」

私の返事も待たずに、日葵も追いかけていく。これはマズい。

「すみません。私が泣いてしまったせいでご迷惑を――」

「いいですね」

頭を下げる私に、長谷川さんはそう言った。

「友達っていいものです。悠花さんのためにあんなふうにぶつかってこられるんですから」

それでもさっきの優太の発言は失礼すぎる。優太らしいと言えばそうだけど、怒りの根源がよくわからない。とにかく私も追いかけたほうがいいのはたしかなこと。

「私もこれで失礼します。あの、この本は……」

「このままでいいですよ。もとの場所に戻しておきますので」

座ったままの長谷川さんに一礼して歩き出した。テーブルの照明を消すスイッチ音とともに、二階は暗がりに沈んだ。

「パラドックス」

ふいに声が聞こえ、思わず体ごとふり返ってしまう。

「パラドックス……って言ったのですか？」

信じられずに尋ねると、長谷川さんは長い足を組んだ。

「その言葉をご存じですか？」

「詳しくはわかりませんが……聞いたことはあります」

どうして長谷川さんがパラドックスを知っているのだろう。いや、別に『パラドックスな恋』について言っているわけじゃないんだ。

「パラドックスというのは、一見すると真実のように見えるけれど実は真実ではない、という意味で使われることが多い言葉です」

立ち尽くす私に、長谷川さんは言葉を続けた。

「有名な例では〝誕生日のパラドックス〟があります」

人差し指を立てる長谷川さんは、まるで催眠術師のよう。その指先に意識が吸い込まれていくみたい。

「同じクラスに四十人いたとします。そのなかで同じ誕生日の人がいる確率は何パーセントだと思いますか？」

「え……」

　突然はじまった問題。

　その間にふたりは図書館を出たらしく、入り口のドアが閉まる音が聞こえた。

「あの……同じ誕生日ですよね。三六五日ぶんの四十だから……十％くらいですか？」

　満足そうにうなずくと長谷川さんは立てた指を左右に振った。

「今出した答えが真実のように思えますよね。しかし、理論上で導き出される答えは八十九・九％もあるんです」

「まさか」

　そんな高い確率で同じ誕生日の人がいるとはとても思えない。

「そのまさかです。ちなみに七十人のクラスがあったとすれば、理論上、九十九・九％になります」

　ぽかんとする私に、長谷川さんは自分の頭をポンとたたいた。

「失礼しました。実はこれ、叶人くんからの受け売りなんです」

「叶人がそんなことを……」

　スマホを開いた長谷川さんが、メガネをかけて操作する。髪に顔に、天井からの光がスポットライトのように当たっている。

「最後のほうのメッセージに書いてあります。『うちの姉はパラドックスに気づいてない節があります。いつもうわべだけで判断し、よろこんだり落ち込んだりしています。そんな姉も好きですが、人の奥にある真実も見てほしいものです』と。中学一年生とは思えない大人びた文章ですよね」

クスクス笑う長谷川さんが立ちあがると、なぜか館内の照明がまた暗くなった気がした。まるでこのシーンはこれで終わり、と告げられた気がして、もう一度頭を下げてから階段をおりた。

外に出ると、まだ三時前というのにすでに太陽が低い位置で鈍く光っていた。山の木々の間から漏れる光が、模様みたいに地面を浮きあがらせている。

まるで夢から覚めたように急いで歩くと、古ぼけた看板だけ設置されたバス停が見えてくる。

ぽつんと立っているのは、優太だけだった。私に気づくと困ったような表情を浮かべた。

幼なじみだからわかること。優太は私に謝るためにひとり待っていたんだ、って。

口を開こうとする優太に、

「ごめんね」

先に謝るとますます困った顔になった。

「なんで悠花が謝るんだよ」

「嫌な思いをさせちゃったから。でも、長谷川さんになにか言われたわけじゃないよ。むしろ、叶人に友達がいてよかったたって思ってる」

優太はいつも思ったことを口にしてくれる。さっきも私が泣かされていると思って助けてくれたんだ。

いつもいつも、優太はそばにいてくれていたのに私は謝らせてばかり。

「優太が言ってたこと、当たってる。私、ずっと叶人の話題を避けてきた」

「ああ」

「家でもそうだし、家族も同じ。みんな口にすると感情が乱されておかしくなっちゃう。まるで叶人の存在を忘れたがってるみたいだよね」

風が揺らした木からまだ枯れるには早い葉が一枚、ひらひらと弧を描いて落ちた。

横顔の優太が、「まあ」とつぶやいた。

「それでも最近は話をしてくれるようになってうれしいよ。さっきのは、俺が三年もかけた距離を、あの人が一瞬で飛び越えてきたからムカついただけ。悪いことしたな」

「日葵に怒られた？」

顔を覗くと、バツが悪そうに優太は口をへの字に曲げた。

「怒られたなんてレベルじゃねーよ。激怒されて置いてかれた。『ちゃんと謝ってから帰れ』って、マジであいつ怖いんだよ」

日葵らしいと笑ってしまう。あとでLINEしておかないと。

「ずっと思ってたことがあるの」

足元でまだダンスをしている葉っぱを見ながら、言葉がするりと出てくれた。

「ああ」

「芸能人が亡くなったりすると、とたんに『最高の人でした』とか『私たちに元気をくれました』ってみんな言い出すでしょう？　叶人が亡くなったあとも同じ。みんな、叶人のすばらしさを語ってきたの」

親も先生も親戚でさえも、私に涙を流しながら同じことを言っていた。

「だったらなんで叶人のこと、もっと気にかけてくれなかったの、って思った。どうしてお見舞いに来てくれなかったのって。亡くなってからいくら惜しんだって、叶人にはもう届かないのに」

声が震えるのを抑えられない。視界がにじみ、枯れ葉もぼやけて見えた。

「……ごめん、違うの。今のは自分に言ってる言葉。病気が発覚してから亡くなるまで時間はいくらでもあったのに、私はコロナを理由に最後しか会いに行かなかった。LINEはしても、当たり障りのないことばかり。そのことを二年間ずっと責めてるの。どんなに責めたって、もう遅いのに」

ボロボロとこぼれる涙は、後悔の粒。泣いたって泣いたって、決して消えないアザのように心に刻まれている。

　悲しみは、美しい景色もおいしい食べ物でさえもその色に変えてしまう。

　叶人が亡くなってから人としゃべるのが苦手になった私を、叶人はまだ心配してくれているの？　私にはそんな資格ないのに……。

「生きているうちにもっと話せばよかった。もっと会いに行けばよかった。たとえガラス越しでも顔を見たかった」

　最後に会ったときですら、私は忍び寄る死から目を逸らしていた。そんな自分のことが許せない。

　袖で涙を拭いて横を見ると、にらむように前を向く優太の瞳から涙が一筋流れていた。

「え、優太……」

「悔しいよなあ」

　洟をすすった優太が私を見た。

「悠花は苦しかったんだよな。二年間、ずっと苦しんできたんだよな」

　潤んだ瞳が太陽の光でキラキラ輝いている。まるで吸い込まれるようにその瞳から目が離せない。

「きっとどっちも真実なんだよ。悠花が感じていることも本当だし、周りの人が思っていることも真実。みんな悲しいのは同じなんだと思う」

「……うん」

「俺たちは弱いから、誰かの死を乗り越えるためについ慰めの言葉を口にしてしまう。亡くなった人を神像化しちゃうのも、そういう風潮を作り、自分を納得させるためなんだよ」

真剣な声は初めて聞いた気がする。まるで心に語りかけるように、ゆっくりと優太は話を続けた。

「悠花がこうして少しずつ叶人のことを話せていることを、俺は誇りに思うよ。深い傷は消えないかもしれないけど、薄くすることはきっとできるよ」

向こうからバスがやってくるのが見えた。

「優太……ありがとう」

「ヤバ。俺たちめっちゃ泣いてるし」

慌てて涙を拭っている間にバスが止まった。

さっきの葉っぱはどこかへ飛んでいったみたい。

——ああ。

不思議とその気持ちは抵抗なく心に着地した。

やさしい彼の名前は優太。ずっとそばにいてくれたのに、気づくことができなかった。

私は……私は、優太のことが好きなんだ。

雨の音が昼休みの教室にあふれている。

みんなの話す声や、お昼の放送の音も遠くで聞こえるほど、雨音がすぐそばでしている。

無理やり食べていたお弁当を半分くらいであきらめてフタを閉じる。食欲がない理由は、たくさん。叶人のこと、家のこと、そしてなによりも大きいのは——優太への気持ちに気づいたことだ。

「優太がこんなに長いこと休むなんて珍しいよね」

日葵が、もう三日も主を待ち続けている机に箸先を向けた。誰かが優太の名前を出すたびに、ドキンと胸が鳴っている。

「風邪を引くなんていつぶりくらいなんだろう。ね、聞いてる?」

「風邪なんて珍しいよね」

日葵にバレないようにすると、素っ気ない口調になってしまう。チラッとこっちを見てから、日葵は「だね」とうなずいた。

「もう熱はないみたいだから来週からは大丈夫って言ってたけどね」

日葵は優太と連絡を取ってるんだ。私は、自分からLINEはしていない。

今までもそれほど頻繁にメッセージを交わしていたわけじゃないけれど、自分の気持ちに気づいてからはますますできなくなった。

——優太が好き。

まるで私が私に教えているかのように、その言葉ばかりが頭に浮かんでしまう。

〝恋に落ちる〟という言葉が、昔から不思議だった。落ちるなんて、まるで悪い状態になっているように思えたから。〝恋にあがる〟のほうがふさわしい言葉のような気がしてたけれど、実際にその境遇になるとわかった。

優太を好きになるほどに、存在はどんどん大きくなり苦しさが増すし、幸せな気持ちなんてほとんど感じていない。

〝恋に落ちる〟は、正しい言葉なんだと実感している。

あれ以来、『パラドックスな恋』はあまり読んでいない。憧れ、同化して読んでいた物語と、今はまるで違う展開になっている。小説の主人公は大雅に告白され、現実の私は告白を回避したあと、優太への恋心に気づいてしまった。

ただひとつ心配なのは、大雅が私をかばい事故に遭ってしまうこと。どこまで小説の世界が反映されているのかはわからないけれど、それだけは回避しなくてはならない。

スマホを開き、久しぶりに『パラドックスな恋』の画面を開いてみる。大雅に告白されたシーンで更新は止まったままだった。

これじゃあ、危険を回避することができない。

大雅が事故に遭うのは、雨の日の交差点。ぶつかる直前に、主人公が車のブレーキ音を聞いたことは覚えている。つまり、事故のときに大雅のそばにいたってことだ。じゃあ、どういう状況だったのかと考えてもその先は思い出せないまま。

今の私がふたりきりで大雅と町を歩くことはないだろうから、ひょっとしたら事故が起きる未来はすでに回避している可能性もある。いや、私がいないせいで、ひとりで歩いているときに事故に遭う可能性も否定できない。

もしも生命にかかわるような事故が起きてしまったら、私は一生自分を許せないだろう。

……これからどうすればいいのだろう。

「なによ、暗い顔して。こないだのケンカは仲直りしたんでしょ？」

日葵の声に、ぼんやりと優太の席を見ていたことに気づく。

「それはすっかり大丈夫」

「ふーん」

興味なさげにつぶやいたあと、日葵が「五時」と言った。

「五時って？」

「大雅のお見舞いにしか行かなかったら、あとで恨み節を聞かされることになるでしょう。ほら、優太ってそういうの傷つくタイプだから。部活休むから五時まで待ってて」

ああ、そういうことか。お見舞いなら、会いに行く正当な理由になるよね。

「わかった。待ってる」

「大雅も誘う？」

当たり前のように尋ねる日葵に口を閉じた。

「ああ、そっか。悠花は大雅の記憶はないんだもんね。わかったよ、ふたりで行こう」

気持ちを汲《く》んでくれる日葵にホッとした。

日葵がトイレに行っている間、ほかの男子としゃべっている大雅を見た。今日も楽しそうに笑っている。

人間は慣れる生き物らしく、小説世界から飛び出てきた彼を見てもなんとも思わなくなっている。

ううん、名前が一緒なだけで、大雅は小説とは関係ないのかもしれない。だって今の状況は、あまりにも物語からかけ離れてしまっているから。

優太は今ごろなにをしているのだろう。熱はもう下がったのかな。なぜ私は優太を好きになってしまったのだろう。ただでさえ、悲しい出来事ばかり起きる毎日が、恋をすることでもっと苦しくなるのに。

いくら否定しても無駄なこと。毎日のなかで、優太のことを考える時間ばかりが大きくなっていく。

「ねえカッシー」

うしろから木村さんが声をかけてきた。どうやら私のあだ名はカッシーで決定したらしい。

「今、聞こえたんだけどさ、笹川くんのお見舞いに行くの？」

笹川……ああ、優太のことだ。苗字で呼ぶことなんてないから、一瞬わからなかった。

「家が近所だからしょうがなくだよ」

ごまかして笑えば、口のなかに苦いものを感じた。

こんなふうにごまかしてばかり。

木村さんは気にする様子もなく「へぇ」と言ったあと、委員会の話をしてきた。内容は委員長がおっかないということと、文化祭での役割について。上の空にならないよう話を聞いていると、大雅と目が合ったけれど、すぐに逸らされる。

ただのクラスメイトと目が合うなんて、よくあること。きっと彼にも深い意味なんてない。

窓の外は雨でけぶり、校門さえ見えない。

この雨が、恋の熱を冷ましてくれればいいのに。

だって幼なじみの優太に告白なんて、絶対にできないから。優太の気持ちを知りたいと思いはじめている自分を止めてほしい。今までと同じように気兼ねなく話ができる関係でいたい。

それでも、恋を雨からかばっている自分もいる。

やっと見つけた宝物をこわしたくない。雨におびえながら、この恋が尽きることを恐れている。

どちらにしても、弱い私がここにいる。

恋なんて――したくなかった。


放課後になりいくぶんおさまった雨に、クラスメイトはあっという間に教室からいなくなった。

トイレでいつものように『パラドックスな恋』を確認しても、あいかわらず更新はされていない。小説の物語にあるとおりに行動していないからなのかもしれない。

日葵は部活に休みの申請をしに行くついでに、優太に持っていくプリントを職員室にもらいに行っている。

教室に戻ると、窓辺に大雅が立っていた。雨を読むように、じっと空に顔を向けているうしろ姿が、小説と重なった。

嫌だな、と思った。否が応でも小説のなかで告白されたシーンを思い出してしまう。憧れてやまなかったあのシーンも、実際に起きてしまうのは避けたい。

私に気づいた大雅が、「ああ」とふり返り、窓枠にもたれた。

「カバンがあるからまだいると思ってた」

「あ、うん」

「最近あまりしゃべってなかったからさ。これからユウのお見舞いに行くんだって？木村さんが教えてくれたんだ」

「うん……」

「うん、しか言ってくれないんだね」

小さく笑う大雅のうしろで雨が再び激しく降りだした。いつもみたいにごまかして乗り切ればいいのに、なんの言葉も浮かんではくれない。

「僕が一緒だと困っちゃうよね？」

「そんなこと、ないよ」

しどろもどろな私の声を、雨音が奪っていく。

しばらく続いた沈黙のあと、大雅は窓ガラスを指さした。雨粒が集まり、下へと流れている。

「人生は分岐点がたくさんあるね」

「分岐点？」

ガラスを伝う雨がふたつに分かれ、ほかの雨と結合してまた分かれていく。

「いくつもの分かれ道があって、僕たちは右へ左へと歩いていく。状況によってどちらかにしか進めないことはあったとしても、最終的には自分で選んでいるんだよ」

大雅の言っていることがよくわからない。固まる私に、大雅はさみしそうに笑う。

「大丈夫だよ、悠花に告白はしないから」

「え……？」

告白って言ったの？

「僕が告白するのを恐れている。だから、前みたいに話せなくなったんだよね？　悠花が嫌がることはしないよ」

「待って。そうじゃなくて……」

「悠花は自分の信じた道を進んでいってほしい。迷ったって大丈夫。悠花の選んだ答えを応援する人はたくさんいるから」

歩き出す大雅の腕を思わずつかんでいた。思ったより強い力で握ったことに気づき、パッと手を離した。

「ごめん。あの、私――」

――大雅は小説世界から出てきたの？

――大雅は本当に私の幼なじみなの？

どちらの質問をしても、大雅は困るだろう。

大雅の言うように、私は分岐点で優太を好きになる道を選んでしまった。ううん、選んだんだ。

でも、大雅が事故に遭う可能性はゼロとは言い切れない。だとしたら、私にできることはなんだろう。

「正直に言うとね……大雅に告白されなくてよかったって思ってる」

「だろうね」

「でも」と、勇気を出してその顔をまっすぐに見た。

「ひとつだけお願いがあるの。明日以降、雨の日の夕方は駅前に行かないでほしいの。詳しく言うと、夕焼けが見えるのに雨が降っている天気の日。ヘンなこと言ってるってわかってるけど、すごく大事なことなの」

小説では雨の夕方に大雅は事故に遭う。その状況を回避できれば大雅は助かるかもしれない。

「どうしても行かなくちゃいけない用事があっても、駅裏の交差点だけには近寄らないでほしい」

言うそばからおかしなことを言っていると自分でも思う。それでもちゃんと伝えなくちゃ。もう、あとで後悔するのは嫌だから。

「前に町案内をしたときに大きな交差点があったよね。お願いだから、お願い――」

「わかったよ」

大雅はこぶしを口に当ててクスクス笑った。

「あいかわらずヘンな人。ま、悠花らしいけどね」

「……ごめん」

「許しが出るまでは、雨の日に駅前には行かないと約束する」

ホッとする私に大雅は「じゃあ」と言って教室を出ていった。体中から力が抜ける気がした。

ひとり残された教室で雨を見た。窓ガラスにはいくつもの分かれ道を雨が流れている。私は今、正しい分岐点を選べているのかな……。

「悠花」

低い声に目をやると、うしろの扉に日葵が立っていた。ひと目でわかる、日葵が不機嫌だって。

「あたし、悠花のことわからないよ」

今のやり取りを聞いていたのだろう、日葵は大股で歩いてくるとまっすぐに私をにらんだ。

「大雅のことどう思ってるの？　『覚えてない』って言ったかと思えば、『好きだよ。心が覚えている』とか言ったり。で、次はまた『覚えてない』で、今は『告白されなくてよかった』って、なによそれ」

怒っているというより、日葵は悲しんでいるように見えた。

「大雅のお見舞いのときだって、かなり協力したつもりだよ。なのに、なんで理解不能なことばっかりするわけ!?」

声を荒らげる日葵を見てわかった。ああ、そっか。そうだったんだ……。

「私、自分のことで精一杯すぎて、日葵のことわかってなかったね」

「あたしは関係ないでしょ。今は、悠花のことを言ってるの」

悔しげに顔をゆがませる日葵を、空いている席になんとか座らせた。前の席にある椅子にうしろ向きで座ると、机越しに日葵と向き合う。

「日葵は、大雅のことが好きなんだね」

そう言う私に、日葵は短く息を吸い込んだ。

「……違う」

言葉とは裏腹に、日葵の瞳が潤むのがわかった。

「大雅のことが好きなのに、私に遠慮してくれたんだよね？」

「だから違うって」

かぶりを振る日葵の手を握った。ハッと顔をあげた日葵の目が、唇が髪が、〝恋をしている〟と叫んでいるように見えた。

小説じゃなく、本当に恋に落ちた人はこんなにリアルな表情をするんだね。

「私、日葵にウソをついてた。本当にごめん」

「いいよもう。大雅だって悠花のことを好きなわけだし、あたしに遠慮しなくても構わな――」

「好きじゃない」

「…………」

握る手に力が入るのがわかっても、ここで止めちゃいけない。

「大雅のこと、最初から好きだと思ってない。一度、日葵に『大雅が好き』って言ったよね。それがウソなの」

雨音に紛れ、日葵の唇が「は？」の形で動いた。

「なに言ってるの。いい加減にして。なんでそんなひどいことを言うのよ。大雅は悠花のことが好きなんだよ。それ、なの、に……」

怒りが悲しみに変わり、涙となって日葵の瞳からこぼれ落ちた。

日葵はずっと私に遠慮してくれていたんだ。私たちが両想いだと知り、自分の気持ちを抑えて協力してくれた。どれだけ悲しかったのだろう……。

手を離すと日葵は慌てて涙を拭った。

「全然わからない。なにがどうなってるのよ」

「私もわからないの。でも、日葵にはぜんぶ話をしたい」

「話って？　なんの話をするのよ」

怒り口調に戻る日葵に、背筋を伸ばした。

「これから話をすることが信じられないかもしれないし、私を嫌いになるかもしれない。だとしても、日葵にだけは知ってほしい」

日葵だけじゃなく、優太にもこの不思議な出来事を伝えようとした。最初の反応であきらめたのは、私のほうだ。あの分岐点で選んだ道は、〝話せない〟じゃなく〝話さない〟だったんだ。

ハンカチで涙を拭う日葵が、渋々ながら小さくうなずいてくれた。

「じゃあ、聞く」

大切な友達に、私のことを知ってもらう。これが私の選んだ道だ。

「前に『パラドックスな恋』の話をしたこと覚えてる？」

「ああ、こないだ見せてくれた小説投稿サイトのやつでしょ？　最初しか読んでないけど、それと同じことが起きてるって言ってたよね」

涙声の日葵に、うなずく。

「日葵は私が書いたんじゃないかって疑ってたけど、信じてほしい。あの小説を書いたのは本当に私じゃないの」

「まさか、優太が書いてるとか？」

それも違うだろう。もしそうだとしても、小説と同じことが起きている説明にはならない。

「最初からきちんと話すから、聞いてくれる？」

日葵はハンカチを置いて大きくうなずいた。

起きたことを順番に話していく間、日葵はただ黙って聞いてくれた。何度も話が行ったり来たりして理路整然とはいかなかったけれど、なんとか先を続けた。

話し終わるころにはあたりは暗くなっていた。雨もあがったらしく、虫の声が小さく聞こえている。

日葵はじっとうつむいていたけれど、静かに「つまり」と口を開いた。

「大雅が事故に遭う未来があるかもしれない、ってこと？」

「確実にとは言えないんだけど、小説のなかではそうなってる」

「空に夕焼けが出てるのに雨が降ってることなんてあるの？」

「小説のなかではそう書いてあったと思う」

「そのあとは、どうなったかわからない、と？」

「……うん」

話せば話すほどに、こんな話、信用されなくて当然だと思った。もし私が日葵に同じことを説明されても、信じられるかどうかわからない。

「ごめん。やっぱりよくわからない」

素直に日葵はそう言ったけれど、さっきより表情は明るかった。

「だってそうでしょう。こんなの、あたしが読む漫画の世界だもん」

「うん」

「でも、信じたい気持ちはある。だから、協力する。あたしも大雅のことちゃんとチェックする。特に雨の日は厳重な警戒態勢を取るから」

「え……」

驚く私に、日葵は首をかしげた。

「なんで悠花が驚くのよ。あたしのほうが何倍も驚いてるんだからね」

冗談めかせる日葵に、今度は私が泣きそうになる。なんとかこらえながら、

「ありがとう。うれしい」

と伝えた。

「友達なんだから信じるのは当たり前。と言いながら、前のときは全然信じてなかったけど」

ニカッと笑ったあと、日葵は窓の外を見た。

「今日はもう夕焼けも終わってるし、雨も降らないだろうから大丈夫だね。明日からも気をつけないとね」

「そうだね」

机の上には『パラドックスな恋』が表示されたままで置かれている。指先で画面をスクロールさせながら、日葵が目を伏せた。

「悠花が言うように、大雅が小説のなかの人だとしたら、いつかは消えちゃうのかな。それだと悲しいな……」

「うん」

「そのときは、あたしが大雅を好きな気持ちも一緒に消えちゃうんだろうね。でも、この気持ちが消えないほうが、もっと悲しくなる日が来るんだろうなあ」

日葵がやっと見つけた恋なら、私は全力で応援したい。でも、大雅が消えた世界にひとり残されるのはもっと悲しいだろう。

「悠花だって同じだよ」

「私も？」

「あたしの好きな漫画でも、クライマックスで異世界がリセットされて終わるオチがあるの。そうなったら、悠花が優太を好きな気持ちも一緒にリセットされることもあるんだから」

これまでの私なら、そういう分かれ道が訪れても受け入れただろう。優太とまた友達として話すことができる未来なら、それはそれで構わないと。

「悲しいね」

でも、もう優太への気持ちを知ってしまったから。

ふたりして涙を拭ってから、同時に少し笑った。

日葵は、私の大事な友達だ。


玄関のドアを開けて顔を出した優太の髪はボサボサだった。

ずっと寝ていたのだろう、目も腫《は》れぼったいし、何年も着ているのを見るシャツはプリント部分がはげてから久しい。

これまではだらしなく見えていたことも、優太らしいと思ってしまう。胸のドキドキに気づかないフリで、エコバッグを差し出す。

「これ、お見舞い」

　優太は「マジで！」と大きな声をあげ、なかを漁りだす。

「お、あったあった」

　彼の好きな青いスポーツドリンクは、私もよく買うようになった。

「久しぶりにあがってく？」

　優太の実家は平屋建ての一軒家。庭が広いので、近所の子はよくここで集まっていた。

「今日はやめとく。体の具合はどう？」

　首を鳴らすように左右に傾けると、優太は唇を尖らせた。

「昨日くらいから平気だったんだけどさ、親が休めって言うからしょうがなく休んだんだよ。普段はほったらかしのくせに、こういうときだけ厳しいんだよな。コロナも陰性だったのに」

　ボヤく優太の向こうで、

「聞こえてるよ！」

　と、おばさんの声がした。

「聞こえるように言ってんだよ」

「あんたねぇ」

　奥のドアが開き、おばさんが顔を出した。

おばさんは私が子どものころからずっとおばさんで、今も昔も変わらない気がする。短い髪にふくよかな体つき。日葵はよくいたずらをしておばさんに叱られていたっけ……。

「あんたの体はどうでもいいの。人様《ひとさま》にうつしたら大変だから休ませたのに文句ばっかり言って。悠花ちゃんからも言ってやってよ」

「ですよね。休んで正解です」

おばさんに同調する私に、優太はムスッとしている。

「この子、学校で迷惑かけてるでしょう？　ほんとごめんなさいね」

「いえいえ」

おばさんが数歩近づき、「あら」と声を丸くした。

「悠花ちゃん、またかわいくなったんじゃない？」

おばさんとは先週も帰り道で会ったばかりだから、こういう言葉を信用してはいけない。愛想笑いする私に、優太は苦い顔でサンダルを履いた。

「あーうるさい。悠花、外に行こう」

トンと肩を押され、玄関から出されてしまう。

「悠花ちゃんまたね」

「はい、また」

挨拶の途中でドアが閉められてしまった。

外に出ると、優太はエコバッグを持ったまま大きく伸びをした。

「一日寝てたから逆に疲れたわ」

「ぜいたくな悩みだね」

「あの人、やたら様子を見に来るし、ちっとも落ち着かなかったけどさ」

ペットボトルを一本渡された。青色のスポーツドリンクは、夜の色が溶けたみたいに薄暗い色になっている。

「それだけ優太のこと心配してくれてるんだよ」

「まあ、そうなんだろうな。で、今日はあのふたりは来ないの？」

その質問の答えは、ここに来るまでに考えてきた。

「お見舞いは私の担当なの」

「大雅の見舞いも悠花だけだったもんな」

優太は水たまりを避けながら空を探すように顔をめぐらせた。

「さっきまで雨が降ってたのに、もう月が出てる」

ペットボトルで目を覆い、月を眺める優太。

髪も服もキマってないけれど、どうして目が離せないのだろう。子どものころから一緒にいたのに、今さら恋をするなんて……。

日葵が言ってたように、大雅が小説のなかに戻ったら、私の恋も消えるのかもしれない。

「月が泳いでる」

優太の声に、私もペットボトルを目に当て顔をあげた。

ちゃぷんちゃぷんと揺れる波の向こうで、丸い月が揺れている。

「キレイだね」

「キレイだな」

どうか、この気持ちが消えませんように。

苦しくても、かなわなくてもいい。誰かを好きになれた自分を失いたくない。

月はまだなにかを探して、果てしない銀河をさまよっている。

【第四章】恋が叫んでいる

六時間目の授業は英語Bだった。

ネイティブとはいえない発音で、担当教師が英文を読みあげているなか終わりのチャイムが鳴った。先生がいなくなると、とたんにザワザワしだす教室。

教科書をカバンにしまい、意味もなく窓越しの空を見た。

九月末の空はあまりに高く、青色も薄く感じられる。明日から天気は下り坂らしい。

『パラドックスな恋』は、大雅が悠花に告白したシーンで止まっている。もう更新はされないのかもしれない。

改めて確認すると、現実とは違うことがたくさんある。

例えば、主人公に小学三年生までの記憶がないこと。両親の仲がよいこと。両親が大雅をよく思っていないこと。図書館で借りた本について主人公の幼なじみは心当たりがあること。

ほかにも、細かなところでは、セリフを口にする人が違っていたりもする。

現実の流れだって、私が大雅の告白を避けたことで大きく変わっている。大雅が事故に遭う展開も起こらない可能性だってある。

それでも、念のために大雅には気をつけてもらわないといけない。事故が起きるのは、夕焼けの広がる雨の日。そういう日が来たら、大雅に念押しをしないと……。

ひとり反芻《はんすう》していると、

「あの英語じゃ、話せるようになるとは思えない」

と、うしろの席で木村さんがため息をついた。

「キムみたいにハリウッド映画ばかり見てるわけじゃなさそうだからね」

「スラングとか、くだけた会話とかを学びたいんだけどな。まあ、受験対策用の英語だからしょうがないけどさ」

小説には木村さんだって登場していなかった。そう考えると、小説世界とはどんどん離れていってる気がする。

……日葵が大雅に恋をしていることもそうだよね。

「あー、やっと終わったね」

くるりとふり向いた日葵にドキッとしてしまう。

心の声が聞こえたわけじゃないんだろうけれど、日葵は鋭いところがあるから。

「後藤さん」

兼澤くんがおずおずと日葵の席に近づいてきた。またしても紙袋を手にしているのでギョッとする。前回、無下に断られたことを覚えていないのだろうか。

けれど日葵は、

「あ、もう持ってきてくれたの？」

ピョンと立ちあがり、うれしそうに紙袋を受け取っている。

「テレビ版のファーストシーズンと映画版。ブルーレイでいいんだよね？」

「そうそう」

中身を覗き込んだ日葵が、ギュッと胸のところで紙袋を抱きしめた。

「ありがとう。アニメ見てみたかったから助かる」

「いえ……」

「中間テスト終わったら見るから、それまで借りてていい？　文化祭までには返せると思うんだけど」

兼澤くんは顔を真っ赤にして「いつでもいいよ」と言い、席に戻っていく。

「漫画の話は学校ではナシなんじゃなかったっけ？」

バッグに紙袋をしまう日葵に意地悪を言うが、

「そうだっけ？」

と、とぼけている。

「漫画がすごくおもしろかったからアニメも観たくなっちゃってさ。ぜんぶ持ってるって言ってたから貸してもらったの」

日葵は大雅への恋心を打ち明けて以降、さらに明るくなったと思う。身構える必要がなくなったからなのか、兼澤くんとも漫画やアニメの話を平気でしている。

一方、私は優太とうまくしゃべることができずにいる。

恋って、人を強くしたり弱くしたりするんだね。日葵は強い防具を身につけ、私は薄着で戦っている気分。

――戦う、って誰と？

考えれば考えるほどよくわからなくなる。優太を意識するたびにモヤモヤする気持ち。抜け出したくても、どうやったらいいのかわからないよ。

トイレにでも行っていたのだろう、席に戻ってきた優太が難しい顔をしている。

「どうかしたの？」

日葵が尋ねると、優太は両腕を組んだ。

「大雅がいた」

「え？」

好きな人の名前に敏感に反応したのは日葵。大雅は今日、急用ということで学校を休んでいる。

「どうして大雅が学校にいるわけ？　人違いじゃないの？　本当にいたの？」

質問しすぎなことに自分でも気づいたのだろう、日葵は中腰になっていた腰をドスンとおろした。

「あ、今のはウソ。なんでもない」

なんて、バレバレの態度でごまかしている。

「俺も人違いじゃないかって思ったけど、あれは大雅だった。ホームルームから参加するのかな」

日葵の動揺に気づかない優太が首をかしげた。その様子に安心したのだろう、日葵は身を乗り出した。

「こんな時間から登校？　そんなことある？」

「俺に聞かれてもなあ」

ふたりの会話を聞きながら、嫌な予感が胸に生まれていた。

こういうシーン、小説のなかでなかったっけ……。

たしか私が……。

「あっ！」

急に大声を出す私にふたりの視線が集まった。浮かびかけた小説の内容が消えそうになるのを必死で押しとどめる。

「たしか……主人公が、学校を――そう、風邪で休んだんだ」

「なんだよ、また小説の話かよ」

茶化してくる優太に「静かにして」と日葵が鋭く言った。

ギュッと目を閉じると、あのシーンの文章がふわりと頭によみがえった。

ベッドに横になったとたん、スマホが着信を知らせて震えた。

表示されているのは茉莉の名前。

「もしもし。もう学校終わったの？」

『……なんだって』

やっと聞こえた声は、茉莉らしくない小声だった。

「ごめん。なんて言ったの？」

スマホに耳を寄せて尋ねると、茉莉は震える声で言った。

『大雅、また転校することが決まったんだって』

——と。


心配そうにふり返る日葵と目が合った。

「思い出せたの？」

「日葵」

その腕をギュッと握った。

「大雅、転校するかもしれない」

「……まさか。だって転入してきたばっかりなのに？」

半笑いの日葵の目がせわしなく左右に動いている。

「小説のなかではそういう展開になってたと思う」

「理由は思い出せないの？」

「理由……」

そうだよ、転校するには理由があるはず。なにかが起きて、大雅は転校することになったんだ。

「お父さんの仕事の関係かも」

自信なさげに言うと、「ないない」と優太が右手を横に振った。

「大雅の父親って、俺たちが小学生のときに亡くなったろ。覚えてないの？」

そう言われても、私には大雅の記憶すらない。

「お前ら、マジで小説の読みすぎだって」

カラカラ笑う優太に、日葵が「やめて」と強い口調で言った。

「優太にはわからないだろうけど、悠花には大変なことが起きてるんだからね。そもそも、大雅が学校にいるって言ったのは優太じゃん」

「はいはい、余計なことは言いません」

「なによその言いかた」

「別にヘンなこと言ってねーし」

険悪な雰囲気のなか、胸騒ぎはどんどん大きくなっていく。

チャイムが鳴り、教室に先生が入ってきた。

「あれ、山本くん」

前の扉近くの女子が驚いた声を出した。見ると、先生のうしろから大雅が入ってくるところだった。

目が合うが、すぐに逸らされる。

「今日はみんなに報告したいことがあります」

教壇に立つ先生の隣に大雅は並んだ。転入してきた日と同じ光景に、前の席の日葵は固まったように動かない。

「山本くんがこのたび、転校することになりました」

みんなの驚く声が教室に広がった。優太を見ると、『マジかよ』の形で口が動いている。

みんなが落ち着くのを待って、大雅は一礼した。

「急なことで僕も驚いています。短い間でしたがありがとうございました」

「山本くんはいろいろ手続きがあるから、今日は挨拶だけしに来てもらいました。もういいぞ」

「はい」

教室を出ていく大雅に、誰もがあっけに取られている。

小説のなかでは描かれなかったシーンだ。

湊をすする音が聞こえる。日葵は肩を震わせて泣いていた。


夕焼け公園に人の姿はなかった。

ベンチに日葵と並んで座る。曇天の空の下に見える町は灰色にくすみ、そのまま夜を連れてきそう。

「大雅、来るって？」

右斜め前の手すりに腰をおろした優太は、今日は部活を休んだそうだ。それくらいの緊急事態が起きている。

「あと五分で到着するよ、って」

日葵がＬＩＮＥの画面を読む声には張りがなく、彼女の動揺が表れている。

「急な転校ってなんだよ。俺たちには相談してくれてもよくね？」

優太も不機嫌さを隠そうともしない。

私は……あいかわらずこの先のシーンがまったく思い出せずにいる。小説のなかの大雅は、転校が決まったあと事故に遭うのだろうか？　それとも、もっと先の話なのだろうか。

「悠花の言ってたこと、やっぱり本当だったね。大雅の転校も、小説に書いてあったんだね」

私だけに聞こえるように小声で言う日葵の瞳には涙が浮かんでいる。

「ごめんね。直前にしか思い出せなくて」

「ううん。だって、転校を止めることはできないだろうから……」

そっと手を握ると、日葵の膝に涙がひと粒落ちた。

「あ、来た」

手すりから体を起こした優太が大きく手をあげた。ふり向くと、ゆっくり歩いてくる大雅が見えた。

まだこの制服を着てそんなに経っていないのに、もう転校するの？

……なにか思い出しそう。一瞬見えかけた映像をたぐり寄せようとするけれど、つかんだそばからボロボロこぼれ落ちていくようだ。

「お待たせ。この坂はさすがにのぼるのキツイね」

なにも変わらない笑顔。なにも変わらない態度。

日葵はゆがみそうになる顔を必死でこらえている。

「お待たせ、じゃねーよ。転校のこと、なんで俺たちに言わなかったんだよ」

腕を組む優太の横に腰をおろした大雅。

「そう言われると思ってたよ」

「言うに決まってるだろ。やっと再会したってのに、あまりにも急すぎんだろ」

涙をこらえる日葵をチラッと見た優太が、また視線を大雅に戻す。

「ちゃんと説明してくれるんだろうな」

「そのつもりで来たよ。本当なら、ウソの理由——父親の転勤とかにしたかったけど、うちの家庭環境はバレてるしね」

大雅の瞳はいつもより暗い。まるで雨が降りだしそうなこの空に似ている。

「あ……」

思わず言葉がこぼれたけれど、みんなには聞こえていない。そうだ、たしか大雅が転校する理由は……。

すうっと息を大きく吸い込んだあと、大雅は「病気なんだ」と言った。小説でもたしか本当の理由は病気だった。

「詳しくは言えないけど、僕の血に問題があるんだって。このまま進むと死んじゃうみたいでね」

「そんなっ」

短い悲鳴を日葵があげた。

「実は、転入してくる前から病気のことはわかってたんだ。もっと進行が遅いと思ってたんだけど、どうも最近は調子が悪くてね……。学校を休みがちなのもそのせいだったんだよ」

淡々と語る大雅に、隣の優太はぽかんと口を開いたままで固まっている。

「自分の人生の残り時間を知ったときはショックだった。毎日泣いたし、家族もそうだった。でもね、神様はいるんだよ」

もう日葵は涙を隠すことなく嗚咽《おえつ》を漏らしている。

「神様、って？」

そう尋ねると、大雅はまっすぐに私を見た。久しぶりにちゃんと目が合った気がした。

「生前、うちの父親はアメリカで血液の研究をしていたんだ。そのときに知り合った有名なドクターに相談したら、アメリカに来いって言ってくれたんだよ」

小説のなかでもこんな展開だった気がする。大雅は病気が発覚してアメリカへ行った。そうすると事故に遭うのは、この直後のこと？　それともそのシーンは飛ばされたってことなの？

「治るのか？」

「あいかわらずユウはせっかちだね。ドクターが言うには、半年くらいはかかるだろうけど完治するって。早ければ早いほうが治療をはじめやすいから、すぐに向かうことにしたんだ」

「ねえ」と消えそうな日葵の声が聞こえた。

「また……会えるんだよね？」

転校のショックと病気の発覚により、もう日葵の顔はくしゃくしゃになっている。

嗚咽を漏らす日葵の肩に、大雅は右手をのせた。

「約束はできないんだ」

「そんな!?　……あ、ごめん。そうだよね」

恥じらうようにうつむく日葵に、大雅は腰を折った姿勢のまま続けた。

「日葵に伝えたいことがあるんだ。君は……幸せになれるよ」

急にそんなことを言う大雅に、私だけじゃなくほかのふたりも時間が止まったように動きを止めた。

「ユウだって悠花だって同じ。僕たちの道はここで離れていく。いつか会えるかもしれないし、そうじゃないかもしれない。でも、僕がいなくてもきっと幸せになれるから。だから、ここでさよならだよ」

無意識にうつむいていたみたい。砂利を擦《す》る音に顔をあげると、日葵が立ちあがっていた。

「なに言ってんのよ。さよならなんて言うわけないでしょ。今じゃ世界のどこにいたって連絡は取り合えるんだから」

強気な口調で言いながらも、日葵の頬には涙がとめどなく流れている。声が震えている、顔がゆがんでいる。

「ああ、そうだよね」

「近況報告はちゃんとしてよね。で、元気になったら顔くらい見せてよね」

「その日を楽しみにしているよ」

やさしく答える大雅に、日葵はやっとホッとした顔をした。

「いつアメリカに発つの？」

「あさっての日曜日の予定なんだ」

日葵の口が『日曜日』と声にはせず動いた。

「でも、さよならじゃないんだからね。あたしたちは昔も今もこれからも、ずっと友達でしょ」

日葵はどんな気持ちで〝友達〟と言ったのだろう。自分の気持ちを必死で抑えて大雅を見送ろうとしているんだ。けなげな日葵を見ているだけで胸がえぐられそうなほど苦しい。

恋はなんて悲しくて苦しいんだろう……。

はあ、と大きく息を吐き出したあと、日葵はバッグを肩にかけた。

「ちゃんと連絡して。またね」

逃げるように小走りで去っていく日葵を、

「待てよ」

優太が追いかけていった。

大雅はふたりを見送るようにさみしげに目を細めている。私も日葵を追いかけたい。

日葵を強く抱きしめてあげたい。

でも、今は……どうしても知りたいことがあった。

「大雅に聞きたいことがあるの」

「うん」

わかっていたように間を置かずに大雅はうなずく。

もっと早く聞く勇気が持てればよかった。日葵みたいに、ちゃんと言いたいことを言えたなら……。

「大雅は、小説のなかから出てきたの？」

「え、なにを言ってるの？」

こういう答えが怖くて、ずっと言葉にできずにきた。自分の弱さを理由にして逃げ続けてきた。

でも、自分の言いたいことを隠したってなにも変わらない。

「大雅の転入は、『パラドックスな恋』という小説と同じ。そのあともまるで小説を読んでいるように同じことが起きた。偶然だって何度も思った。でも、違う。大雅は小説からこの世界にやってきたんだよ。お願いだから本当のことを教えてほしい」

私から視線を逃がし、大雅は天気を読むようにあごをあげた。

気おくれしそうな自分を奮い立たせて言葉を続ける。

「最近は、小説の内容と少しずつ変わっていってる。これはなにを意味しているの？　大雅はなんのために私の前に現れたの？　この先にいったいなにが起きるの？」

しばらく宙を見ていた大雅が、静かに私を見た。悲しみに満たされた瞳に、なぜだろう、優太と見た泳ぐ月を思い出した。

「あなたは……誰なの？」

「じゃあ、君は誰なの？」

やわらかい声で尋ねる大雅に、

「私は……」

言葉が詰まった。

「みんな自分の人生では主人公なんだよ。小説によく似た設定になったとしても、それをなぞるだけじゃなく、自分の意志で物語を進めていくんだ」

言っていることはわかる。でも、私が知りたいのはそんなことじゃない。

「昔から僕は思っていた。悠花は自分の言いたいことを口にしない。誰かに道を譲り、自分を卑下《ひげ》することでごまかしてきた。けれど、最近の悠花は少しずつ変わってきた。クラスメイトとも話をしているし、僕にだって今みたいに聞きたいことを聞けている。そんな悠花の変化が、毎日の選択肢に影響しているんだよ」

「ちゃんと答えて。大雅は実在するの？　どうして、どうして……」

私のことじゃない。大雅のことを聞きたいのに、うまくはぐらかされている。

どんな言葉も大雅には伝わらない気がして、続く言葉が見つからない。

ふいに大雅が空を指さした。

「もうすぐ雨星が降るよ」

「え……」

「小説の内容と、これからのことを思い出して。悠花は自分で自分の未来を開いてほしい。君ならできるはずだから」

そう言うと、大雅は歩き出す。

追いかけることもできず、さよならも交わせないまま、公園を出ていくうしろ姿を見送った。

その向こうに大きな雨雲が浸食してきている。

もう会えない予感が胸を、世界を、悲しい色で覆っていた。

夕食の席は久しぶりに家族がそろった。

お父さんは食べたらまた出ていくらしく、テーブルの横には旅行用のトランクが置かれている。

さっきから会話がないまま、もうすぐ夕食は終わろうとしている。

今日のおかずは、コロッケとナスのお浸しに卵サラダ。

「食欲ないの？」

箸が進まない私に、お母さんが声をかけてきた。

「そういうわけじゃないけど……」

大雅の言葉が気がかりで、とても食事どころじゃない。もうすぐ雨星が降る、とはどういうことだろう。小説の主人公は、雨星を見たのだろうか。

ふいに強い頭痛が襲ってきた。

最近は、小説の展開を思い出そうとすると頭痛が起きるようになった。まるで、思い出させないように〝頭痛ボタン〟を押されている気分。

カシャンと箸を置く音に顔をあげると、お母さんはなぜかお父さんをにらんでいた。

「ほら、だから言ったじゃない。悠花にだって悪影響が出てるのよ」

「別居しようと言ったのはそっちだろ？　なんでもかんでも俺のせいにするなよ」

「今のまま続けるほうが不自然だから提案しただけよ。もうこれ以上先延ばしにしても仕方ないじゃない」

ふたりの声が頭の上を滑っていくようだ。耳がシャットアウトしているのだろう、言葉の意味が理解できない。

思えば昔からそうだった。どんな言葉も悲しみの前では素通りするだけだった。

大雅は言っていた。『悠花の変化が、毎日の選択肢に影響しているんだよ』と。

流されるまま右へ左へ進むよりも、自分の未来を自分で選択していきたい。

「お父さん、お母さん」

背筋を伸ばした私に、ふたりはハッと顔を向けた。子どもの前で言い争ったことを恥じるように、ふたりそろってバツの悪い顔をしている。

「私はふたりが納得した上で離婚するなら反対しないよ」

「ほら、悠花だって――」

「でも」と、大きな声でお母さんの口を止めた。

「その前に、ちゃんと考えるべきだと思う」

「考えるってなんのことを？」

キョトンとするお母さんの目を見つめた。

「叶人が亡くなってしまってからの私たちのこと」

ふたりの前で叶人の名前を出すのはいつ以来だろう。

お父さんは目を見開いたままでじっとしている。お母さんは花がしおれるように視線をテーブルに落としてしまった。

「叶人が亡くなってからね、この家も一緒に死んだみたいだった。お母さんは叶人の思い出から離れないし、お父さんは元気なフリをしてた。私は……叶人のことを必死で思い出さないようにしてきたの」

叶人がいつも座っていた席に、今は誰もいない。ぽっかり空いた席で、たしかに叶人は楽しそうに笑っていた。

「叶人が中学生になったころから、私、あんまりしゃべってなかった。挨拶もそこそこで、決して仲のよい姉弟じゃなかったと思う。急に入院することになっても、すぐに戻ってくるだろうって思ってた」

でも、そんな日は来なかった。

叶人が亡くなったのは小説の話じゃない、現実のこと。

「真実から目を逸らすことで、なんとか乗り切ろうとしていたと思う。お母さんもお父さんも、きっと同じなんだよ。同じくらい悲しくて、やりきれなくて、それでもなんとか生きているんだよね？」

悔しそうなお父さんの横顔を見たのは、叶人の葬儀のとき以来かもしれない。お母さんは怒っているのか悲しんでいるのかわからない表情で唇をかみしめている。

〝叶人のため〟に仲良くするのは違うと思う。もちろん〝私のため〟でもない。ふたりが決めた決断に私は反対しないつもり。ただ、私は……ちゃんと叶人の死について受け止めようと思う。そうすることを選択したの」

席を立つ私に、お母さんがすがるような視線を向けてきた。

「お母さんだって……お母さんだって悲しいのよ」

「わかってる。でも、お父さんも同じくらい悲しいんだよ。悲しみへの向き合いかたが違うだけで、みんな自分の方法で叶人を想ってる」

病院のガラス越し、スマホの会話、叶人の笑った顔。

ずっと過去を思い出さないようにしてきた。小説の世界へ逃げ、現実世界から目を逸らしたんだ。

「だからもう叶人のことでいがみ合うのはやめようよ。冷静にどうすればいいのかふたりで話し合ってほしい。ふたりの悲しみをわかってあげられなくて、ごめんね」

そう言い残し、二階の部屋へ戻った。電気をつけないまま、プラネタリウムのスイッチを手探りでONにした。

ベッドに横になれば、天井に星空が広がっていた。

叶人のことを考えながら見る空は、まるで本物みたいに見えるよ。

あの星のどれかに叶人はいるのかな？　悲しみに暮れる私たちを心配しているのかな

らごめんね。

頭痛は波が引くように消え、心の重さも少しだけ軽くなった気がした。

日曜日の朝、スマホを確認すると『パラドックスな恋』は更新されていた。

これまでは少しずつの更新だったのに、一気に第五章の途中まで公開されている。


「危ない！」

横断歩道に足を踏み入れた大雅の手を必死で引っ張る。

――ブブブブブ！

すごい音にふり返ると、大きな車が私たちを襲おうとしていた。

とっさに大雅を突き飛ばすと同時に、腰のあたりにひどい痛みが生まれた。

私の体はあっけなく転がり、アスファルトにたたきつけられる。歩道でしりもちをついた大雅が大きく目を見開いていていた。

……よかった。大雅が無事でよかった。

目を閉じれば、痛みはすっと遠ざかり、抗えない眠気が私を襲った。


（つづく）

これは、主人公が小学三年生のときに大雅をかばって事故に遭った場面だ。

文字で見ると、忘れていた小説の内容が一気に思い出せた。

ベッドに仰向けになり、ぼんやりと考える。

このあと、逆に主人公が事故に遭いそうになるのを大雅が助けてくれるんだ。

その先はまだぼやけていて思い出せないけれど、これで全体的な流れが把握できた。

これほどまでに現実と違う流れなら、事故だって起きない気がする。

……そもそも、今日大雅はアメリカに経つそうだし、もうこの町にいないかもしれない。

カーテンのすき間から曇り空が見える。台風でも来るのか、灰色の雲が形を変えながら流れていく。

日葵は今ごろ落ち込んでいるのかな。夕焼け公園での日葵を思い出すと、胸が締めつけられる。やっと好きな人ができた日葵に、この先どんな未来が待っているのだろう。

私だって同じだ。優太に恋をするなんて、ありえないと思っていた。それなのに、気づいたら心に優太がいて、想いは栄養分もないのに勝手に育っていった。ううん、今も毎日育っている。

違う、これは言い訳だ。ぜんぶ、私が選択したことなんだよね。

今日、大雅がいなくなることで物語は終わりを迎えるのだろうか。

待っているだけじゃダメな気がした。

着替えてから一階におりると、お母さんがぼんやりソファに座っていた。私に気づくとなにか言いたげに口を開き、そして閉じた。

昨日も一日、ろくに話もしなかった。お父さんも帰ってくる気配はない。

いびつに家族の形はゆがんでしまったけれど、不思議と悲しみは消えている。気持ちをきちんと伝えられたからなのか、あきらめの心境なのかはわからないけれど、すっきりしているのが不思議だった。

「ちょっと出かけてくるね」

「あ、うん。気をつけて行ってらっしゃい」

どこか気弱そうに見えるお母さんに、「あの」と勇気を出した。

「こないだはヘンなこと言ってごめんね」

「なに言ってるのよ。全然ヘンなことじゃないわよ」

「行ってきます」

「行ってらっしゃい」

ぎこちないまま外に出ると、今にも雨が降りそうな空が私を見おろしている。

カサを手に歩き出すと、秋の風が私に抵抗するように吹きつけてきた。

図書館にはあいかわらずお客さんはいなかった。

薄暗い照明のせいもあると思うし、山の中腹に建っているのも理由のひとつだろう。館長の長谷川さんは、今日もスーツ姿で長い髪をひとつに結び、棚の本をチェックしていた。

「こんにちは。今日はおひとりですか?」

声をかけるより早く、長谷川さんがにこやかに挨拶をしてくれた。

「あ、こんにちは」

「またここに来たということは、なにかお話があるのでしょうか?」

鋭い人だ、と普通に感心してしまう。

「はい。お時間があるときでいいので……」

「構いませんよ」

長谷川さんは持っていた本を棚に戻すと、受付カウンターへ足を進めた。向かい側に座るよう勧められ、木製の椅子に腰をおろした。

雨が降りだしたらしく、屋根をたたく雨音がかすかに聞こえている。

カウンターの上にはパソコンが一台と、以前叶人が借りっぱなしだった本が置かれていた。

私の視線に気づいたのだろう、長谷川さんが「ああ」とうなずく。

「叶人くんのお気に入りの本をあれから何度も読んでいます。が、雨星についてはやはり載っていませんでした」

「そうでしたか……」

カウンターに両肘を置き、顔の前で指をからませた長谷川さんが、メガネ越しの瞳で私を見た。

「私は雨星は造語だと思っています。叶人くんが作った、叶人くんだけがわかる言葉なんです」

「私も、そう思います」

どれだけネットで調べても、雨星という言葉は見つからなかった。

「悠花さん、今日はどのような話で？」

薄い唇に笑みをたたえる長谷川さんを前に、一瞬迷いが生じた。どんなふうに説明すればわかってもらえるのだろう。とにかく、思ったまま話をするしかない。

「前にここに来たとき、パラドックスについて説明してくれましたよね？　叶人から聞いたとおっしゃっていましたが、ひょっとしてそれ以外にもなにかパラドックスについて聞いていませんか？」

小さく首をかしげる長谷川さんに気おくれしそうな気持ちを奮い起こす。

「不思議なことが起きているんです」

　信じてもらえなくても、言わずに後悔するのはもうやめよう。小説のなかの登場人物が実際に現れたことの謎を解きたいと思った。

「二年前からよく読んでいる小説があるんです。それと同じことが現実に起きているような気がするんです。ううん、起きているんです」

　長谷川さんの表情に変化はなく、ただ先を促すようにうなずいている。

「何度も読んでストーリーも覚えているはずなのに、なぜか先の展開がうまく思い出せなくて。その小説にも雨星のことが出てくるんです。これってなにか……」

　言うそばから自信がなくなってしまう。おかしなことを言っているのはわかっているけれど、どうしてもこの先のヒントがほしかった。

　わずかに頭痛の気配がする。遠くから近づいてくる痛みに、こぶしを握って耐える。

　しばらく沈黙が続いたあと、長谷川さんは大きく息を吐いた。

「『パラドックスな恋』のことですね」

「え……」

　雷のような衝撃が体を貫いた。まさか、長谷川さんから作品のタイトルが出てくるとは思ってもいなかった。

「そうです！　『パラドックスな恋』です！　長谷川さん……なにかご存じなんです

か？」

思わず体を乗り出す私をはぐらかすように長谷川さんはマウスを動かし、パソコン画面を点灯させた。

薄暗い館内はまるで星空。明るいカウンターが宇宙船みたいに思えた。

「実は、誰にも言ってないことがあるんです」

画面の光を浴びながら長谷川さんがつぶやいた。キーボードを操る音が続いたあと、長谷川さんは画面に向かってほほ笑んだ。

「叶人くんが入院してしばらく経ったときのことです。彼からＬＩＮＥで、相談があるとメッセージが来ました。てっきり病気のことかと思ったのですが、違いました」

「はい」

「長い文章になるから、とメールアドレスを聞かれました。数日が過ぎ、私のメールに届いたのは、『パラドックスな恋』のあらすじだったんです」

「え……。じゃ、じゃあ、あの小説は叶人が書いたのですか？」

昔から本が好きで読んではいたけれど、あの小説は中学一年生が書いたものとはとても思えなかった。

「いいえ、そうではありません。叶人くんが書いたのは、彼が病床で見た夢の内容です。メモのように羅列されています」

モニターを回転させた長谷川さんから、画面へ視線を移す。そこには、メモ画面が表示されている。

・お姉ちゃんが学校に行く
・山本大雅という転入生が来る
・幼なじみは大雅を覚えているが、お姉ちゃんは覚えていない
・お姉ちゃんは小学三年生のときに大雅をかばって事故に遭った
・事故のせいで昔の記憶をなくしている
・夕焼け公園で大雅を好きになる
・雨星が降る日に大雅が事故に遭う
・大雅は大きな病気を抱えている

その下には、各項目について詳しく書かれていた。それはすべて、『パラドックスな恋』の内容と一致している。

「これって……」

声が震えているのが自分でもわかる。

「入院している間、叶人くんは少しずつこの物語の夢を見たそうです。なにか意味が

あるのじゃないか、と思うのも不思議じゃないですね」

「じゃあ、誰が小説に――」

長谷川さんが照れたように目線を逸らしていることに気づいた。

「私が書きました。小説なんて書いたことがなかったのですが、叶人くんの夢を作品にしたいと思ったんです。ひょっとして、本当にこれと同じことが起きているのですか？」

なにがなんだかわからない。混乱する頭を必死で整理しながら「はい」と答えた。

納得したようにうなずいた長谷川さんが椅子にもたれた。

「ということは、つまり……叶人くんは正夢を見たのかもしれません」

「でも、最近は小説とは違う展開になっているんです。だけど、大雅が事故に遭う可能性はあるわけですよね」

「私にはわかりませんが、叶人くんは『お姉ちゃんが幸せになるといいな』とずっと言ってましたよ」

「………」

叶人が生きていたころは両親も仲がよかったし、私も恋なんてしていなかった。

「長谷川さんがこの小説を投稿サイトに載せたのは二年前ですよね？」

叶人が亡くなって落ち込んでいるときにこの小説を見つけたことを思い出した。

「ええ。書くごとに叶人くんに見てもらい、修正をしておりましたが、残念ながら完成にたどり着くことなく叶人くんは……」

悔しげに目を伏せてから、長谷川さんは続けた。

「そこからひとりでなんとか完成させたんですよ」

「どうして今は、連載中になっているのですか?」

そう尋ねる私に、

「叶人くんの遺言だからですよ」

と、長谷川さんはあっさりと答えた。

「遺言?」

「悠花さんが高校二年生になり、二学期初日を迎えた日の朝十時に小説を非公開にしてほしい、と。そこから時期に合わせて順次公開し直してほしいと言われました。公開日時を細かく予約できるので、指示に合わせて登録しました」

そっか……。物語のはじまりは高校二年生の二学期だった。叶人は、予知夢を見たのかもしれない。

「すごく……不思議です」

思ったことを言葉にすると、長谷川さんはクスクスと笑った。

「この世は不思議なことだらけです」

「どんどん小説の内容と変わっているのはどうしてなんでしょうか？　どうして私は先の展開が思い出せないのでしょうか？　これからいったい、なにが起きるのですか？」

矢継ぎ早に質問を重ねる私に、長谷川さんは「わかりません」とだけ答えた。

「そんな……」

また、頭痛が強くなっていく。

「こう考えてはいかがでしょうか。悠花さんは現実世界を生きておられる。あの小説こそがパラドックスなんです」

「意味がわかりません。ごめんなさい」

しょげてしまいそうになる私に、長谷川さんはメガネを取り、顔を近づけた。

「パラドックスとは、見た目と実際が違うこと。悠花さんの選択により、変わった物語こそが正解なのです。叶人くんが書いたあらすじを見せることはできますが、それでは意味がないでしょう。悠花さん、あなたは虚構の世界を忘れてもいいんですよ」

「でも……」

ここから先、ひょっとしたら大雅が事故に遭うかもしれない。そう思うと居ても立ってても居られない。

「教えてください。雨星についての説明は小説のなかにありましたか？」

「いえ、ありません。だからこそ私も叶人くんに何度も尋ねたのですが、最後まで教えてもらえませんでした。前にも言いましたが、彼自身もわからないままでしたから」

言われてみればたしかに『パラドックスな恋』においても、雨星の描写はなかった気がする。

「悠花さん」

改まった口調で長谷川さんは背筋を伸ばした。

「この小説はあくまで叶人くんが見た未来です。悠花さんの選択で現実が変わっているのなら、小説から提示されたヒントを参考に、今やるべきことをすべきです」

「今、やるべきこと……。あの、大雅が事故に遭う可能性はあると思いますか？」

長谷川さんがテーブルの上で指を組んだ。

「どうでしょう。例えば、事故に遭う日付が変わったというのは考えられますね。小説のなかでは不思議な天気の夕刻だったと思います」

「でももう大雅はアメリカに……」

そこまで言ってハッと気づく。本当に今日、大雅はアメリカに旅立ったの？　ちゃんと確認していないことが急に不安になってくる。

今の時刻は午後三時。まだこの町にいるのなら、ひょっとしたらこのあと事故に遭うかもしれない。

音を立てて椅子を引く私に、長谷川さんは目を丸くした。

「あの……私、行きます。いろいろ、ありがとうございました」

「気をつけて行ってらっしゃい」

穏やかな笑みに頭を下げ、図書館を飛び出せば、雨が絶え間なく世界を灰色に染めていた。


駅へと向かうバスのなかで、大雅に何度も電話をしたけれど電源が切られているらしく、留守番電話にもならない。

今ごろ事故に遭っていたらどうしよう。

やたらのんびり走るバスに、どんどん焦りばかりが大きくなっていく。

『パラドックスな恋』が叶人の見た夢の内容だったなんて、まだ信じられないよ。長谷川さんに小説にしてもらうことで、叶人はなにを伝えたかったのだろう。

「どうして私なんかを……」

ずっと叶人のことを考えないようにしていた。生きている間も素っ気なかっただろうし、病気になった彼のことも気づかぬフリをした。お見舞いに行っても世間話を少しするだけ。亡くなったあとも、苦しむ姿は誰にも見せないようにしていた。周りから見れば冷たいって思われていたかもしれない。

叶人のことを直視しなかった私の幸せを願ってくれていたなんて……。そんな資格、私にはないのに。

涙がこぼれても、このままうずくまっていてはいけない。

今日これから雨星が降るなら、絶対に大雅を助けなくちゃ。そうしないと叶人の気持ちに今度こそ応えないことになってしまう。

ふと、日葵の顔が浮かんだ。

日葵は今ごろ大雅のことを考えているのだろうか。それとも見送りに行ったのかな。

大雅が私の人生に登場してから、私は彼ではなく優太への恋心に気づいてしまった。

そう考えると、『パラドックスな恋』の主人公は私じゃなく、日葵になっているとも言える。ふたりは幼なじみで、病気という壁がふたりの間に立ちふさがっていて……。

気づくと駅前に到着していた。下車し赤色のカサを広げると、さっきよりも細い雨が駅前に降り注いでいる。

「あれ……」

もし主人公が日葵になっているとするならば、事故に遭う対象も変更になっている可能性があるかもしれない。だとしたら日葵の身も心配だ。

メッセージを打つのももどかしく電話をかけるけれど、七回コール音がしたあと、留守番電話に切り替わってしまう。

今さらながら気づく自分が情けなくて涙があふれてくる。

交差点の前まで急ぎ、電信柱に隠れてスマホを開くと『パラドックスな恋』は更新されていた。

「そんな……どうして」

カラカラに渇いた喉でつぶやき、もう一度その文章を読む。


ああ、車道に倒れ込んだんだ。体を起こそうとしても力が入らないよ。

大雅の靴が、薄くなる世界のなかで見えた。その向こうに光っているものはなに？

強い力で大雅に腕を引っ張られる。

——ギギギギギギギ。

悲鳴のようなブレーキ音、大きな塊が視界いっぱいに広がった。

それが車だとわかったときには、怪物のような光が私を捕らえていた。


（つづく）


もし現実世界での主人公が代わっているのなら、日葵が危ない。

もう一度電話をかけようと、画面を切り替えるのと同時に着信を知らせる画面になった。

【着信　日葵】
　慌てて通話ボタンを押し、スマホを耳に当てた。
「日葵。日葵っ！」
『ちょっといきなり大声出さないでよ。びっくりするじゃん』
「日葵、無事なの!?　今、どこにいるの？」
　あたりを見渡しながら尋ねるが、近くにはいないみたい。カサが足元で転がってい
ても、今は日葵の身のほうが心配だ。
『待って待って。悠花、どうしたの？　先に電話かけてきたのはそっちでしょ』
「そう、そうなの。交差点にいないよね？　もしいるならすぐに逃げて。お願い――
駅前には来ない……で……」
　もう泣いているのか雨に濡れているのかわからなくなる。
　しばらく無言が続いたあと、『やだな』と笑う声がした。
『あたし、こう見えても約束は守るんだから。あれ以来、雨の日には、駅前に寄って
ないって』
　よかった……。ようやく安堵の息がつけた。
　ふと、日葵のうしろでアナウンスの声が響いていることに気づいた。
「日葵、今どこにいるの？」

『空港だよ』

「空港？」

日葵の照れた笑い声がスマホから耳に届いた。たしかにアナウンスの声は空港っぽい。

『大雅のお見送りに来たの。もう飛行機に乗って出国しちゃったけどね。これから大雅のお母さんの車で家に帰るところなの』

今度は私が黙る番だ。

『実はさ、どうしても最後に見送りに行きたくて、勇気出してお願いしたの。そしたらＯＫしてくれてね』

「え、そうなんだ」

『告白はしなかったよ。これから治療で大変だろうから重荷になりたくないし、それに……少しすっきりしてるから』

日葵の言葉はきっと本心だ。久しぶりに聞く明るい声に、その場に座り込んでしまいそうになるほど緊張の糸がとけている。

『例の小説のことだよね。安心して、しばらくは駅前に大雅が来ることはないから』

「うん。でも……」

『最初に悠花が話してくれたとき、信じてあげられなくてごめん。でも、今はちゃんと信じてるから』

わけのわからない話なのに信じてくれる友達がいる。それだけで、心に明かりが灯るよ。ありがとう、日葵。

通話を終え、時計を確認すると午後五時を過ぎるところ。

ふいに世界が色を変えた気がした。雨雲は東へ流れゆき、西には夕日が輝いている。

雨は——まだ降っている。

真上から徐々に藍色を濃くする空に、一番星が見えた。

雨と夕焼けと星が同時に存在している空は、ただただ美しかった。

こんな不思議な空を、優太と一緒に見たいな。私の恋心は、これからどんどんあの星のように輝きだすのだろう。

日葵が前に言ってた『この気持ちが消えないほうが、もっと悲しくなる日が来る』の意味が痛いほどわかるよ。

恋は、なんて強くて弱くてまぶしくて悲しいんだろう。

どんどん暮れていく空の下、夕焼けは夜に負けそうになっている。私の姿も同じように夜が消していくのだろう。

……帰ろう。

大雅はもうアメリカへ発ってしまったし、現実が変わったことで事故は起きない可能性だってある。

少し軽くなった気持ちでふり向くと、目の前に――優太がいた。

上下黒のジャージ姿の優太が、

「うわ、悠花」

と、遅れて驚いている。彼の持つ黒いカサから雨粒がパラパラとこぼれ落ちる。

「なんで……」

「それはこっちのセリフ。大雅の見送りに行ってきたのか？」

濡れないように私の頭上にカサを移動させてくれる優太。

「ううん、違う」

ちょうど優太のことを考えていたとは言えず、あいまいに首を横に振る。遠くで、警告音が聞こえた気がした。

「俺は部活の帰り。さっきの空見た？　なんか、不思議な色だったよなあ」

そう、おかしな天気だったよね。でも、雨星は見つけられなくて……。

「待って」

思わずそう言った私に優太が不思議そうな顔をした。

小説のなかで事故に遭うシーンは、不思議な天気だった。雨と夕焼けが同時に空に出現していて……。

──まるで今の空のように。

「優太……」

きょとんとする優太の向こうに、雑貨屋のウインドウがある。交差点が映像のように映し出されている。

横断歩道が赤から青に変わると同時に、まぶしい光に目がくらんだ。

──ギガガガガガガガ！

地面からつんざくような大きな音がし、ウインドウになにかが映った。

ふり向くと、黒い車が弧を描くようにスリップしながらこっちに向かってくる。

誰かの叫ぶ声、クラクション、激しい痛みにガラスのくだける音が重なる。

──気づけば、私は仰向けに倒れていた。

容赦なく雨が顔に降り注いでいる。髪も服もびしょびしょに濡れているのに、体が起こせない。

ふいに誰かが私の肩を抱くように起こしてくれた。

優太……？

見ると、知らない女性が雨に濡れるのも構わず、私に向かってなにか叫んでいる。

ごめんなさい。キーンと耳鳴りがしていて、うまく音が聞こえないの。

腰をぶつけたのだろう、すごく痛くて泣きそうになる。

視線を前に向けると、車体の前方部がひしゃげた黒い車があった。粉々に砕けたショーウインドウが星のように光っている。

「優太……」

優太はどこなのだろう。そういえば、さっき優太に突き飛ばされたような気がする。女子を転ばせるなんてひどすぎる。文句を言ってやらないと。

――ザアアアア。

音量を徐々にあげるように雨音が近づいてきた。近くに立っていたサラリーマンがスマホに向かって叫んでいる。

「救急車をお願いします！　事故です。ええ、はい――運転手を含めて三名かと」

私は大丈夫だよ。たぶん、どこもケガをしていないと思うから。

もう一度視線を前に戻すと、

「え……」

つぶれた車体の横に転がっていたのは、さっき優太が持っていたカサだった。

「ウソ……。え、優太？」

立ちあがろうとしてそのまま前に転んでしまう。目の前で雨粒が激しく跳ねている。

体を起こそうとしても力が入らない。

……ウソだよね。そんなの、ウソだよね？

「優太。優太っ!!」

「危ないから動かないで」

女性の手を振りほどき、這いつくばりながら車の前へ行く。

神様お願い、そんなの嫌だよ。お願いだから、こんな物語にしないで!

煙をあげる車体と壁の間に、なにか見えている。これは……誰かの足だ。薄暗くてわからないけれど、これは黒いジャージ? 隣には靴が転がっている。

そんなはずはない。事故に遭うのは大雅で、優太じゃないはず。

その人は、優太と同じようなジャージを着ていて、優太と同じような靴を履いていて、足首には——赤いミサンガが巻いてある。

「優……太……」

視界が塗りつぶされるように暗くなっていく。悲鳴も、足音も、雨音でさえも闇に吸い込まれていくよう。

真っ暗になった世界は、やけに静かだった。

【第五章】雨星が教えてくれる

ガラス越しの空は燃えるような赤色。時間とともに藍色へ変わり、遠くの山は黒く塗りつぶされていく。

窓辺に置いた椅子に座り、もうずっとぼんやり外を見ている。音もなく忍び寄る夜の気配は、ガラスに映る顔をはっきりと映し出すから、目を逸らしたくなる。

あの事故で私は検査入院をした。打撲程度で問題はないと診断が下り、この二日間は家で過ごしている。

誰もはっきり話してくれないけれど、優太の病状はかなり深刻で、今も意識がないと聞いている。

二十四時間、ずっと後悔している。

なぜ優太にきちんと事故が起きる可能性について話さなかったのだろう。なぜあの日、すぐに優太を連れて逃げなかったのだろう。

私の役が日葵に代わったと思い込んでしまっていたけれど、そうじゃなかった。大雅の役が優太に代わっていたんだ。気づくチャンスはいくらでもあったのに……。

――トントン。

部屋のドアがノックされると同時に、飛び跳ねるように椅子から立ちあがっていた。返事をするのももどかしく、ドアを開けるとお母さんが立っていた。

「優太になにかあったの？　おばさんから連絡は!?」

早口で尋ねる私に、お母さんは首を横に振った。

「優太くんはきっと大丈夫よ。連絡もないの」

「そう……」

ゆるゆると視線を落とす。足首に巻かれた包帯からは、呼吸をするのと同じタイミングで痛みが生まれている。でも、こんな痛み、どうでもいい。

優太が、優太が――。

「ご飯作ったのよ。下で一緒に食べましょう」

「ご飯……」

首を横に振る。こんな状況でご飯なんか食べる気がしない。水分ですら、飲んだそばから涙となり、なにも潤してはくれない。

優太に会いたい。会いたくてたまらない。

「もうずっと食べてないじゃない。お父さんも待ってるから、ね」

動けない私の左手をお母さんはそっと包むように握った。

「悠花の気持ち、お母さん痛いほどわかるのよ。本当につらいと思う」

「……やめて」

「優太くんのこと心配よね。でも、優太くんが元気になったときに、あなたが倒れてたら仕方ないでしょう?」

「やめてよ！」

無意識にお母さんの手を振り払っていた。そんなもっともらしい慰めなんていらない。

「お母さんにはわからないよ。だって、お母さんとお父さんはお互いを手放そうとしてるじゃん。どっちかは私を手放したっていい、って思ったから離婚するんでしょう？　そんな人たちに、私の気持ちなんて絶対にわからない！」

こんなこと言いたいわけじゃない。お母さんを傷つけたいわけじゃないのに、勝手に言葉があふれていた。

「ごめん。今日は……ひとりにして」

ドアを閉める私に、お母さんはもうなにも言わなかった。

ベッドに崩れるように横になると、右目から涙が一筋流れ落ちた。袖で拭い、目をギュッと閉じる。

今回の事故は、間違いなく私のせいで起きたこと。罪悪感は大きな波のようにざぶんと私を呑み込み、海底へ引きずり落とす。

息がうまく吸えない。光も見えない、音も聞こえない。

「優太……ごめんね」

信号無視した車も許せないけれど、優太を守れなかった自分はもっと許せない。

叶人はヒントをくれていたのに活かせなかった。

スマホのバイブが振動した。

優太のおばさんは私のスマホの番号を知らないからかかってくるはずもないのに、スマホが震えるたびに鼓動が速くなってしまう。

画面には、今日だけで何十通も来ている日葵からのメッセージが表示されていた。

【しつこくてごめん。悠花に会いたい】

明日はがんばって学校に行くよ。文字に打って送ればいいだけなのにできない。

頭のなかが優太のことでいっぱいになりすぎて、ほかのことなんてなんにもできないよ。

スマホをベッドのはしに追いやり、体を起こした。机の上で写真のなかの叶人が笑っている。

叶人の描きたかった物語はハッピーエンドだったのに、現実世界ではバッドエンドに傾いている。

ねえ、叶人。私はどこでなにを間違えたの？　どうすれば優太は無事に戻ってくるの？

声にならない問いに、写真の叶人の笑顔が悲しそうに見えた。

図書館の重い扉を開くと、館内にはあいかわらず頼りない照明が光っていた。

今朝は、起きると家には誰もいなかった。キッチンに【冷蔵庫にお昼ご飯がありまス】というお母さんのメモがあった。

制服に着替えて家を出て、だけどどうしても学校へ行く気になれずバスに乗り、図書館へ来た。なんのために来たのかはわからない。

カウンターにいた長谷川さんは私に気づくと、「おはようございます」と変わらない挨拶をした。

頭を下げても、乾いた唇から言葉は出てくれなかった。

立ちすくむ私に、長谷川さんはカウンターの向かい側の席を手のひらで示した。

「優太くんが事故に遭ったそうですね」

「……え？」

おろそうとする腰を途中で止めた。どうして、長谷川さんが知っているのだろう。

「誰に聞いたのですか？」

「日葵さんからです」

あっさりとそう言ったあと、長谷川さんはメガネを外した。

「日葵さんは、あなたに教えられた不思議な出来事の原因を調べるために、あれから何度も来館されています。最後に来られたときに、事故のことを聞きました」

事故、という単語は胸をえぐる凶器のよう。雨のなかひしゃげた車の映像は、思い出したくなくても勝手に脳裏に映し出されてしまう。寝不足で乾いた目に、あっけなく涙が込みあがってくる。

うなだれる私に、長谷川さんも口を閉じた。

「大雅が事故に遭うとばかり思ってたんです。でも、違いました。代わりに優太が事故に……。よく考えたらわかったはずなのに、なんで……」

悔しくて苦しくて、だけど現実はざぶんざぶんと波のように私を苦しめる。

「私も驚いています。本当に、小説のような展開が起きているのですね」

「叶人はなぜこの物語を書いたのでしょうか。どんなにがんばってもうまくいかない。まるで、叶人が私を恨んでいるようにすら思えてしまうんです」

小説のなかの私は、大雅を好きになる。実際は、大雅ではなく優太への気持ちに気づいた。どちらを好きになっても、結局相手は事故に遭ってしまう。

まるで逃れられない運命に翻弄《ほんろう》されているよう。

「もう小説の連載は終わりましたよね？」

「はい」

今朝になり、最後のエピローグが公開されていた。小説の主人公は、大雅の帰りを公園のベンチで待っているというハッピーエンドのシーンだ。

あまりにも現実と違いすぎる。

私が優太を好きになったから事故に遭わせてしまった。だとしたら、今回の事故は私のせいでしかない。

「優太くんが事故に遭った日、悠花さんは雨星を見たのですか？」

そう尋ねる長谷川さんに、一瞬思考が停止した。

「雨星……。いえ、見た記憶はありません」

「じゃあまだチャンスはあります。叶人くんは、雨星の降る日に奇跡が起きることを信じていました。あの小説でも主人公は雨星を見ましたよね？」

「ああ、はい……」

小説のなかで主人公は、事故の直後に雨星を見ている。はっきりとは言い切れないけれど、私が事故に遭ったときはひどい雨が降っていた気がする。

「いつも空を見ていてください。きっと雨星は降りますから」

長谷川さんの言葉にうなずくけれど、私には雨星がなにかがわからない。

「見ていれば気づくと思いますか？」

「思うんじゃなく、信じてみましょう」

長谷川さんがやさしい笑みをくれる。

私は薄暗い天井を見あげた。

今日の天気は晴れのち曇り。雨星がなにかはわからないけれど、信じるしかないのかな……。

「小説にしたのは私ですが、叶人くんが見た夢の内容がもとになっています。書いたのはあなたを恨むためではなく、幸せになってほしいからです。叶人くんと雨星のことを信じてみませんか？」

信じたい。でも、悲しい気持ちに打ちのめされることばかりの今、なにを信じていいのかすらわからない。

辞書を引くようにスマホを開き、小説の本文ラストを表示させた。

――きっと大丈夫。

見あげた空は、遠く離れた場所で戦う大雅につながっているから。

雨星は、大雅に奇跡を起こしてくれる。その日までうつむかずに私は生きていこう。

いつかまた会える、その日まで。

この小説の主人公のように私も強くなりたい。

叶人が見た夢に意味があるのなら、その答えを知りたい。

なによりも――優太に会いたい。

「信じてみます」

自分に言い聞かせるように言ってから、私は叶人が好きだった本を何度も読んだ。読めば読むほど意味がわからなくなる本には、やっぱり雨星についての記載はなかった。

お願い、叶人。私を――ううん、優太を助けて。そのためだったら私はなんでもやる。

だから、優太を連れていかないで……。


駅前に戻るころには、上空に厚い雲が浸食してきていた。太陽は雲の間から短い秋を主張するように、さらさらとした光があたりに降り注いでいる。

重い体と気持ちを引きずるように歩く私は、映画で見たゾンビみたい。行き先もわからずにさまよっている。

やっぱり学校に行こうという気持ちにはなれないまま、駅前のベンチで歩く人をぼんやり眺めている。

どこにいたって優太のことばかり考えてしまう。どうか優太になにも起きませんように。優太、優太、優太……。

もう一度会いたい。笑顔で彼に会いたい。

小説のなかでも大雅は事故に遭い、一時は意識不明になっていた。けれど病院で再会したときには、骨折はしていても話はできるくらい元気だったはず。

私の行動で現実世界が変わるのなら、優太の意識が戻らないことが誤情報ということはないだろうか。そうであってほしい。

もし優太を失ったら……。その思考の入り口に立つだけで、叫びたくなるほどの怖さを感じる。

嫌な考えを頭から振り払う。振り払っても振り払っても、シミのように消えてくれない。

ふと、目の前に誰かが立っていることに気づいた。

「もう、探したんだからね」

両腕を腰に当てた日葵が立っていた。隣に腰をおろす日葵をぽかんと見つめる。

「え、なんで……学校は？」

「それはこっちのセリフ。今日さ、キムが家の都合で遅れてきたんだよ。車で送ってもらったらしいんだけど、駅前で悠花を見たってこっそり教えてくれたの。でも、いつまで待っても教室に来ないから、具合悪いフリして早退しちゃった」

「……ごめん」

胸に熱いものが込みあげてくる。日葵に早退までさせたなんて、悔しくて悲しくて、でも少しだけうれしかった。

「優太の入院している病院って、まだ面会には規制があるみたい。家族以外は入れないけど、ひょっとしたら悠花がいるかも、って思って見に行ったんだよ。それで、ちょうど駅前に戻ってきたところ。午後一時二十五分、容疑者を確保しました」

明るい口調の日葵に、私が言えることはやっぱり「ごめん」だけ。

そういえば、日葵は図書館でいろいろ調べてくれていたんだよね。ますます自分が嫌になる。

うつむく私の肩を日葵は抱いてくれた。

「心配だよね」

「…………」

言葉はもう、出ない。足が手が、あごが震えたかと思うと、悲しみは涙になって頬をこぼれ落ちる。もう泣いてばっかりだ。

「私……どうしたらいいのかわからなくって」

「あたしだってそうだよ。まさかふたりが事故に遭うなんて思ってもいなかったから。でも、小説のなかでは重症だったけど、ちゃんと病院で話ができたでしょう？」

え、と日葵を見ると、不安そうな表情をしていた。一瞬で笑顔を作る日葵もまた、不安でたまらないんだ。

「小説、読んでくれたの？」

「だって、悠花の言ってたことが起きちゃったんだもん。観念して『パラドックスな恋』をぜんぶ読んだよ。いろいろ聞きたいことはあるけどさ、きっと優太は助かるよ。それよりあたしが悲しいのはさ――」

そのときになって、日葵の声も震えていることに気づいた。

「悠花が大変なとき、助けてあげられないってこと。悠花の話をちゃんと聞いてあげられなかったことが情けなくて。もっと早く知れたなら、今回の事故も防げたかもしれない。これじゃあ親友失格だよね」

無理して笑みを浮かべる日葵の右目から涙がぽろりとこぼれた。

「日葵……」

毎日電話をくれたのに、メールやLINEもたくさんくれたのに、そのひとつにも私は返すことができなかった。日葵をもっと悲しませたのは、私なんだ。

「責めてるんじゃないよ。あたしが悔しいだけだから」

腕を離した日葵が、子どもに言い聞かせるように顔を覗き込んできた。涙があとからあとからあふれてくる。

「ごめんなさい。私……」

「いいんだよ。もういいから。こうやって会えたんだし」

やさしい日葵に首を横に振る。

「私、頭が優太のことでいっぱいになってて……。優太のおばさんも家に電話をくれたとき、こんな状況なのに私の体のことをすごく気遣ってくれた。うちの親も、私のことすごく心配してくれてる。日葵だってそうなのに、私は誰にも、なんにも……」

なんて私は弱いんだろう。起きていることから逃げるばかり。

これじゃあ小説の主人公にはなれない。ハッピーエンドを望んでいるくせに、なにひとつ自分から行動できていないのだから。

「もう」

と、日葵は今度は両腕で抱きしめてきた。

「あんなことがあったんだから、なにもできなくて当然。でも、もし今度同じことがあったら、あたしは絶対に悠花のそばにいる。悲しみを半分にすることはできないけれど、一緒に背負うことはできるから」

「……うん」

「それにね」と日葵は洟をすすった。

「小説の世界はあくまで小説の世界。あたしは、悠花の物語を紡いでほしい。負けないで一緒にがんばろう」

「うん」

もう一度うなずくと、日葵は抱きしめていた腕をほどき、目の前に立った。

頬の涙を拭ったあと日葵は「行こう」と言った。

「行くってどこへ？　あ、図書館なら今行ってきたとこ――」

「優太に会いに行こう」

「え……」

でも、病院は家族以外は入ることができない決まりになっている。それに、おばさんにどんな顔して会えばいいのかわからない。ううん……優太に会うのが怖いんだ。

ふいにあたりが暗くなった気がした。見あげると厚い雲が太陽の姿を隠していた。

雲に導かれるように空の遠くで雷の音がしている。

「無理だよ。病院になんてとても行けない」

「でもさ、このまま家に帰ってもきっと同じだよ。悠花は悩み事があるとそのことばかり考えちゃうでしょ。だったら、無理やりにでも会いに行こうよ」

日葵の提案に首を横に振る。そして、すぐに縦に振りなおした。

私もなにか行動を起こしたい、ってそう思えたから。

「わかった」

そう言って立ちあがる私に、日葵はニッと白い歯を見せた。

「雨だね」

ぼんやりした世界に、日葵の声が聞こえた。

上を見ると、細かな雨がさらさらと顔に当たった。

「濡れるからなかに入ろう」

日葵に腕を引かれて前を見ると、病院の自動ドアはすぐ先にあった。

行動を起こすと決めたはずなのに、勝手に足が止まっていたみたい。足をなんとか前に進めると、自動ドアをくぐってフロアに足を踏み入れる。

もっと混んでいると思っていたけれど、受付前にはあまり人の姿はなかった。

見ると、エレベーター前には看護師がふたり立っていて、訪れた人をチェックしている。

これじゃあ、優太の入院している病棟へは行けない。そもそもどこにいるのかもわからないのだから。

日葵はスマホを操作しながら「大丈夫」と言ってから顔をめぐらせた。

「あ、来た」

日葵の目線の先を追うと、エレベーターからひとりの女性がおりてきた。薄いカーディガンにベージュのスカート姿の女性は、優太のお母さんだ。私たちを見て、小走りで駆けてくる。

「おばさん。急にごめんなさい」

日葵の挨拶に、私も慌てて頭を下げた。

やわらかい声に顔をあげると、おばさんはさみしそうに口元に小さな笑みを浮かべていた。

「いいのよ」

すごく疲れている顔だと思った。自分の子どもが事故に遭ったのだから当然だろう。

「じゃあ悠花、がんばって物語を紡ぐんだよ」

「え？」

「ここからは家族しか入れないからさ。さすがに同年代ふたりが家族ってのは怪しまれるでしょう？」

バイバイと胸の前で手を振る日葵。

「でも……」

「ほら、早く行って」

強めに背中を押され歩き出すと、おばさんも黙って横に並んだ。ふり返ると、もう一度手を振ってから日葵は病院を出ていってしまった。

私を連れてくることをおばさんに連絡してくれていたんだ……。

おばさんが歩き出したので、遅れないように並ぶ。なにを話しかけていいのかわからないけれど、せめて守れなかったことをちゃんと謝りたい。

「おばさ――」

「あの子ね」

かぶせるようにおばさんは言った。

「昔から体だけは丈夫だった。鉄棒から落ちたときも、階段から転げ落ちたときもピンピンしてたのよ」

「………」

「だから大丈夫よ」と、おばさんは私を見て少し口角をあげた。

「……はい」

どうして私はこんなに弱いんだろう。やさしい人にやさしい言葉をかけられない。悲しい人を励ますこともできない。

唇をかみしめるだけしかできない自分のことが、私は大キライ。

エレベーターの前を素通りし、奥の廊下へ進むと〝ICU入口〟と書かれた自動ドアがあった。その前にもひとり看護師さんが立っていた。

優太はICU……集中治療室にいるってこと?

急に襲われる寒気に負けないように、必死でおばさんについていく。おばさんは看護師さんから名簿を受け取った。

「ICUでお世話になっています。笹川優太です」

名簿には〝悠花〟と私の名前が記され、続柄は〝長女〟となっていた。看護師さんが私のおでこにピストルのような機械を当てて「平熱です」とうなずいた。

自動ドアのなかに入ると、おばさんは大きく息を吐いた。

「うまくいったわね」

おかしそうに笑うけれど、やっぱり悲しみがあふれているのが伝わってくる。

「すみません。ありがとうございます」

やっと気持ちが言葉になった。

「悠花ちゃんのほうのケガは大丈夫？」

「はい」

私のことなんてどうでもいいのに、おばさんはやさしく聞いてくれた。

奥にはさらに分厚い扉があり、横にはインターフォンが設置されていた。おばさんはボタンを押し、なかの人と話をしている。

自動ドアが開くと、おばさんは先を歩いた。

廊下の右側にカーテンで仕切られた部屋がある。機械の音や誰かの声、器具の音が洪水みたいに襲ってくる。

左側には大きな窓があった。開けることができない、はめ殺しの窓だ。よほど分厚いガラスなのだろう、激しく降りだした雨の音も聞こえない。

「悠花ちゃん」

ふいに肩に手を置かれ、ビクッとしてしまった。

「あ、驚かせちゃってごめんなさい。大丈夫?」

「はい」

カーテンの向こうに優太がいる。そう考えるだけで、また涙が込みあがってくる。

「まだガラス越しにしか会えないんだけど、ごめんなさいね」

ああ……そっか。叶人が入院していた病院もそうだった。最後の瞬間も、そのあとも、院内感染防止対策のため、叶人にはちゃんと会えなかったんだ。

最後? ううん、違う。優太はきっと元気になるはず。

おばさんがカーテンを引くと、ガラスの向こうにベッドがあった。目を閉じている優太が見えた。頭に包帯が巻かれていて、両足もギプスで固定されている。

ふいに足元の床が抜けた感覚がして、気づくとその場に座り込んでしまっていた。

「悠花ちゃん!」

腕を取られなんとか立ちあがってもなお、床がやわらかく感じられる。

「ごめんなさい。ごめんなさい……」

窓ガラスにもたれるように優太を見た。青白い顔で苦しげに目を閉じている。口元には人工呼吸器が装着されて、伸びた管は四角い機械につながっている。

――ピッピッッピピッ。

不定期に鳴る機械音が、彼の容態が悪いことを示している。

ガラスの横の壁には受話器が取りつけてあり、これで向こう側と話ができる。

でも、ベッドに横たわっている優太とは話をすることさえかなわない。

これが現実というのなら、私は――小説の世界で生きたいよ。でもそこには、優太がいない。彼への想いも存在しない。

それでも、優太がこんなに苦しむのなら私は、私は……！

ガラスに手を当てて「優太」と名前を呼ぶ。

「優太……。優太、優太！」

泣きじゃくりながら名前を呼んでも、彼は私に気づかない。

「一回目の手術は成功したの。でも、臓器の損傷が激しくて、いつ亡くなってもおかしくないって……」

おばさんの声に涙が雨のようにこぼれる。

「そんな……」

どうしてこんなことになったの？　どうして小説と同じ展開にならないの？

「……私のせいです」

「それは違うわ。悠花ちゃんだって被害者じゃないの」

でも、優太が身代わりになってくれたことは事実だから。

「私が。私が……」

——ビーッ！

大きな警告音が爆発したように響いた。まるで脳を揺さぶられるような音に耳をふさぎたくなる。

バタバタと足音が聞こえ、ガラスの向こうのドアから看護師が飛び込んできて機械を操作しだす。遅れてもうひとり、看護師が到着した。

機械の数値が、目に見えて下降していく。

——これは、夢なの？

「優太！」

ガラスをたたくおばさん。警告音が止まらない。優太の顔は見る見るうちに青くなっていく。

ウソだよね。こんなの……ウソだよね。

「優太、しっかりして！　優太！　優太っ!!」

割れるくらい、おばさんがガラスをたたいている。何度も、何度も。

先生と思われる男性が現れると同時に警告音は消えた。看護師がやっと私たちに気づいたらしく、一礼してからガラスの内側にあるカーテンを引いた。

ベージュのカーテンの向こうで、指示を出す声と不規則な電子音が聞こえている。

おばさんはもうその場に座り込んで嗚咽を漏らしている。

私は……私は、なにもできなかった。

――ピーーーー。

永遠と思うほどの長い電子音が鳴ったあと、ガラスの向こうからは音がしなくなった。

やけに静かな世界では、おばさんの嗚咽も聞こえない。

頭がジンとしびれ、まるで夢のなかにいるみたい。

なにが起きているのかわからないよ。

――プルルルル。

音は、設置されている受話器から聞こえた。見ると、ガラスの向こうで受話器を耳に当てた看護師がカーテンを少し開けてこっちを見ていた。

おばさんは、動かない。拒否するように何度も首を横に振っている。

震える手で受話器を取り耳に当てると、看護師さんは目を伏せたまま言った。

「お伝えしたいことがあります。お母さんに代わってもらえますか？」

事務的な口調に、受話器を持つ手をおばさんへ伸ばした。

「……おばさん」

それでもおばさんはしばらく首を振り続けていたけれど、やがて受話器を受け取り耳に当ててた。

短い沈黙のあと、おばさんは全身で叫ぶように泣いた。絶叫が狭い部屋に響き渡るのをうつむいたまま聞く。

ああ、もう……優太はいないんだ。

しびれた頭でぼんやりとそう思った。

叶人のときもそうだった。死に対して私たちはあまりにも無力で、ただ受け入れることしかできない傍観者。

もう二度と優太には会えない、会えない、会えない。

雨の音が聞こえた気がして、廊下にある窓を見た。けれど、音は聞こえない。あるのは、おばさんの悲しみにむせぶ声だけ。

『雨星が降る日に奇跡が起きるんだよ』

叶人の声がやさしく聞こえる。これも、幻聴なのかな……。

「あ……」

窓の外がさっきより明るく感じられて、気づけば廊下に出ていた。ガラスに手を当てて上を見ると、雨はまだ降っている。けれど、スポットライトを当てたように一部分だけ赤い光が差している。その向こうに見えるのは——いくつかの星。

『叶人くんと雨星のことを信じてみませんか？』

長谷川さんが言った言葉を思い出す。

『小説の世界はあくまで小説の世界。あたしは、悠花の物語を紡いでほしい』

日葵もそう言っていた。

もし、今がそうなら……。

そう思うと同時に駆け出していた。ＩＣＵのドアを出て、病院の出口へ急ぐ。

自動ドアから転がるように外に出ると、さっきよりも雨は激しさを増している。けれど、けれど……雨雲に丸い穴が空いている部分が見える。そこだけ、朱色の夕焼けが燃えている。

あの場所に行けば雨星が見られるかもしれない。びしょ濡れになりながら走り出す。

一歩ずつ、優太との思い出が浮かんでは消えていく。

「優太。……優太！」

小さいころ、一緒に行ったキャンプのこと。夕暮れの土手で寝転がったこと、中学生になり急に背が伸びたこと、お腹を抱えて笑う姿。

消したくない、忘れたくないよ。

丸い夕焼けは、高台にある夕焼け公園の真上にあるように見えた。必死で坂を駆けあがる。

どうか間に合って。どうかそのままで。どうか、優太を連れていかないで！

公園の入り口までたどり着くと、不思議な光景が広がっていた。まるで公園のなかだけが別世界のように、赤い光に包まれている。

這うようにベンチのところまで行き、手すりにもたれて上空を仰ぐ。夕焼けに包まれ、あえぎながら口を開けば雨が入り込んできた。

これが雨星なのかはわからない。なんだっていいよ、優太が助かるなら。

「なんだっていいから、優太を助けて！」

声をふり絞って叫んだ。

「優太を、優太を……」

もうすぐ夕焼けも終わるのだろう、赤い空は色を濃く変えていく。私のすぐ真上では、いくつかの星が蛍《ほたる》のように光っている。

「あ……」

思わず声が漏れたのは、流れ星が見えた気がしたから。雨に負けないように目をこらすと、またひとつ星が流れた。

違う。星の光が雨に溶けているんだ。

何本もの光の雨が、キラキラと輝きながら、この場所に降り注いでいる。

手のひらを出してみると、中指の先で光は小さく弾けて消えた。

ベンチも手すりも地面でさえも、線香花火のように光っている。やがてそれは幾千もの光になりヴェールとなり私を包んでいく。

あまりにも幻想的で美しい光だった。光る雨が私の手を、体を光らせているみたい。

「これが……雨星なんだね」

叶人が見たかった雨星を、私は今浴びているよ。叶人に見せたかった、優太と一緒に見たかった。

会いたいよ。優太に会いたい……。

砂利を踏む音がすぐうしろで聞こえた。

「ふり向かないで」

その声が聞こえ、体の動きを止めた。

「ふり向いたら僕は消えてしまう。そのままで話をしようよ」

――この声を知っている。

「雨星が降る日に奇跡が起きるんだよ」

――甘くて、だけどどこかクールな声を知っている。

「僕が言ったとおりだったでしょ。ね、お姉ちゃん」

「叶人……」

これは、私の幻聴なの？　それとも本当に叶人がここにいるの？

不思議と雨の冷たさも感じない。

「本当に……叶人なの？」

震える声で尋ねる私に、叶人はクスクスと笑った。こんな笑いかただった、と胸が熱くなる。

「雨星に乗ってやってきたんだ。って、自分でも信じられないけど」

「なにがどうなってるの……。あのね、今、優太が――」

「うん」

すべてわかっているような言いかたをする叶人に口を閉じた。

「僕のせいなんだ。僕が夢で見たことを小説にしてもらって、それが現実になるように願っちゃったから」

やっぱり『パラドックスな恋』と同じことが起きたのは、叶人が願ったからだったんだ……。

「どうして、そんなことをしたの？」

「どうしてだと思う？」

質問に質問で返してくるのは叶人の昔からのくせだった。こういうときは、私が先に答えないとなにも教えてくれなかったっけ……。

「あの小説の主人公は私とは真逆の性格だったよね。明るくて人気があって……叶人は私がそうなってほしかった……とか？」

「僕の夢のなかのお姉ちゃんはすごく幸せそうだったからね」

「でもやっぱりムリだった。主人公と同じように行動ができなかった」

「そうだね。でも、僕が雨星に願ったのはそういう理由じゃないんだ」

「違うの？」

ふり返りそうになる自分をグッとこらえる。

「小説の世界はあくまで小説の世界。お姉ちゃんには現実の世界で自分の気持ちをきちんと言葉にしてほしかった。思ったことを伝える勇気を持ってほしかったんだよ」

背中越しに叶人の声が聞こえる。まだ夢を見ている気分が続いている。

「でも……そんな勇気、今も持てないままだよ」

うつむくと涙がひとつ砂利に落ちていった。

「そんなことないよ。お姉ちゃんは小説の物語のとおりに行動しなかった。自分の意思で少しでも変わろうと努力していた。それって、すごいことだよ」

「すごくない。すごくなんかないよ！　だって、優太が……優太がっ！」

彼の名前を口にすると、この世界は光を消したように暗くなる。優太が死んでしまった今日から、私は闇のなかを生きていくことになるのだろう。

泣いても泣いてもなにも変わらない。それでも泣くことしかできないよ。

「お姉ちゃん」

叶人の声が少し小さくなった。同時に、公園を満たす光も少し弱くなっているように見える。

「少しだけ僕の話を聞いてくれる?」

「……」

嗚咽を漏らしながらなんとかうなずけたのは、雨がさっきよりも弱くなっていたから。雨星が叶人を運んできてくれたなら、雨があがれば、夕焼けが終われば叶人はいなくなってしまう。

「僕が死んじゃったあと、いちばん心配だったのはお姉ちゃんのことだった」

「私のこと?」

「お姉ちゃんは弱いからさ」

「弱く……ないし」

優太だけじゃなく叶人もこの世界にはいない。私の大切な人は、私を置いてみんな離れていく。

「弱いのは私だけじゃない。お父さんもお母さんも、よくない方向へ行こうとしてるし」

今じゃ、顔を合わせればケンカばかり。離婚へのカウントダウンすらはじまってしまっている。

けれど叶人は「大丈夫」とあっさり言った。

「この間、お姉ちゃんがふたりにビシッと言ってくれたおかげで、冷静になれたと思うよ。あのふたり、意地っ張りだから苦労するよね」

「たしかにそうだね。ケンカするといつも長いし」

仲がよかったころは、こんな話をよくしていたね。どうして私はもっと叶人と話をしなかったのだろう……。

今、すぐうしろに叶人がいることは奇跡としか言いようがない。

だとしたら、ちゃんと私も彼に伝えたい。

「叶人、いろいろごめんね。私、もっと叶人と話をすればよかった。もっと病院に行けばよかった。もっと……」

言葉は涙にあっけなく負けてしまう。胸が苦しくて続けられない。

「そんなのお互い様だよ。僕だって素直じゃなかったし。反抗期ってやつだよね」

叶人の顔を見たい。でもそれは、今度こそ叶人との別れを意味している。説明のつかないことでも受け入れている自分が不思議だった。

「僕が今日ここに来たのは、お姉ちゃんに謝りたかったから。今度はお姉ちゃんの番だよ」

「私の？」

「雨星に願うんだよ。お姉ちゃんが今、かなえたいことをちゃんと伝えて」

星がまだかろうじて私たちに降ってきている。

私が願いたいことは……。はあはあ、と息を吐いてから口を開いた。

「昔に戻りたい。叶人がいて、優太がいたころに戻りたい。ううん、叶人の病気がわかるもっと前に戻れば――」

「違うよ」

あきれたように叶人は言った。

「自分では気づいていないかもしれないけど、僕の死をお姉ちゃんは乗り越えたんだよ。ふりだしに戻っても意味がない」

「でも……」

「雨星はお姉ちゃんにとって今、いちばん必要なことを願うために現れたんだよ。もうすぐ雨星は終わる。その前に、ちゃんと言葉にして」

昔から叶人はどこか大人ぶっていて、私を妹のように扱うところがあった。今だってそうだ。

息を大きく吸い、空を見た。上空の赤色は、もうすぐ紺色へ塗りつぶされてしまいそう。降り注ぐ光も、きっともうすぐ消える。

　私は今、本当の願いを口にする。

「私は、小説の世界から抜け出したい。ちゃんと自分の気持ちを言葉にして、私の物語を自分の力で描いていきたい」

「うん」

「そのためには優太が必要なの。私の物語には優太が必要なの。どうか、彼を返してください」

　そう言ったとたんに、上空にあった雨雲が溶けるように薄くなっていくのが見えた。さっきまでの雨がウソみたいに空はどんどん赤く塗り替えられていく。

「やったね。お姉ちゃんの願いが雨星に届いたんだよ」

「これでよかったの？　ねえ、叶人……」

　見渡す限りの夕焼けが世界を赤く染めていた。視線の高さで燃えている太陽がまぶしくて目が開けられない。

「もう大丈夫。今日までの不思議な出来事はリセットされた。パラドックスな世界はおしまい」

「おしまいって……？」

　どういうことなのか理解が追いつかない。

「現実に現れた小説世界のことは、お姉ちゃん以外の人の記憶からは消える。それによって起きたこともぜんぶだよ」

「ぜんぶ……。じゃあ、大雅のことも?」

だとしたら日葵の想いもなかったことになるのかな。

「大丈夫だよ」と、私の心配を和らげるように叶人は言う。

「みんなの想いはちゃんと受け継がれる。雨星の奇跡ってすごいんだから」

叶人の声がすぐうしろでしている。

「そろそろ、僕も行くね」

まるで、ちょっと遊びに行くみたいな口調で叶人は言う。

「待って。まだ行かないで」

「もう大丈夫だよ。新しい物語を楽しみに見ているから」

雨が弱くなっていく。声もどんどん遠くなっていく。

やっと会えたのに、もう終わりなの?

「待って、叶人。お願い、最後に顔を——」

「雨星を信じてくれてありがとう。お姉ちゃん、またね」

その声を最後に、なにも聞こえなくなった。

しんと静まり返るなか、耳を澄ませばいくつかの音がよみがえってくる。

虫の声、カラスの鳴き声、車の音、風が草木を揺らす音。

……叶人は私を助けるために来てくれたんだ。

病院の建物が遠くに見える。夕焼けに染まるあの場所へもう一度行こう。

「私は奇跡を信じるよ」

口に出せば少し勇気が生まれる。そう、思ったことをちゃんと口にすることが大切だったんだね。

ゆっくりとふり向くと、公園の入り口に誰かが立っているのが見えた。

それは――優太だった。

私は……幻を見ているの？

彼はゆっくり私に近づいてくる。夕焼けを受け、赤く燃えながら私だけを見つめてほほ笑む。

「誰かと思ったら悠花か。こんなところでなにやってんの？」

見慣れた制服。大きなバッグを肩にかける優太の髪が風に踊る。

すぐそばに立つ姿があふれる涙で見えなくなる。

「優太。優太……！」

顔をくしゃくしゃにして抱きつくのに、ためらいなんてなかった。たしかめるように背中に手を回せば、「えっと」と戸惑いながら優太も抱きしめ返してくれた。

「なんかあったのか？　誰かになにか言われた？」

「ちが……。だって、優太が事故に、遭って、いなく……」

「ああ」と優太が笑う。

「ベンチで寝ちゃったのか。悠花らしいな」

優太のぬくもりをこれほど感じたことはなかった。まるで子守歌のように私をやさしく包んでくれる。

やっと体を離してハンカチで涙を拭った。

夢じゃないんだ。優太がここにいてくれる。

それでも消えてしまいそうで、優太の袖を片方の手でギュッと握りしめたまま離せない。

まだなにが起きているのかわからない私の頭に、優太は右手をポンポンと置いた。

「大丈夫だよ、ここにいるから」

導かれるようにベンチに座ると、ビルの向こうにわずかな夕日が見えていた。その周りだけ夕焼けはわずかに残っていて、上空には夜が訪れている。

雨星は終わったんだ……。

「優太、あのね……」

聞きたいことはたくさんあった。けれど、もしも雨星が奇跡を運んでくれたのなら、この質問をすればいい、とわかる。

「山本大雅って知ってる？」

優太は、笑みを浮かべたまま首をかしげた。

「それって芸能人のこと？　俺、あんまりテレビ見ないからなあ」

……そっか、とすとんと胸に落ちた。

この世界に存在していた大雅は消えてしまったんだ。叶人がすべてリセットしてくれたんだね。

「その人がどうかした？」

「ううん。なんでもない」

横顔のまま優太は消えそうな太陽を眺めている。

どうか優太がずっとこの世界にいますように。そのためには、私は自分の気持ちを言葉にしていかなくちゃ。

なにも怖くない。優太がいなくなることに比べたら、大したことじゃないから。

「優太に話したいことがあるの」

「うん」

「あのね、私――」

「悠花のことが好きなんだ」

頭のなかが真っ白になり、息ができなくなる。

固まる私に、優太は「いや」と指先で鼻の下をかいた。

「前から言おうと思ってたんだけど、なんか照れくさくってさ。でも、ほら」

ポケットから取り出したのは、切れた赤いミサンガだった。

「これが切れたら言おうと思ってたんだ。さっき歩いてたら急に切れてさ」

「あ……うん」

赤いミサンガにかけた願いは、私へ告白をすることだったの?

「あんまり見るなよ。マジでヤバいから、今」

胸をトントンとたたく優太に、また視界が潤んでくる。

「私も好き。優太のことが好き」

そう言うと、優太は見たことがないくらいうれしそうに笑ってから、「はい」と片手を差し出した。

その手を握れば、心までジンとあたたかくなっていく。

この先どんなことが起きたとしても、私は大丈夫。それはきっと、叶人がくれた奇跡のおかげだよ。

これからは逃げずに、自分の気持ちをちゃんと言葉にしていくから。それで傷つくことがあったとしても、言わずに後悔するのだけはやめよう。そして、もっともっと周りにいる人たちを大切にしていこう。
空を見あげると、まばゆいほどの星が瞬いている。
あのひとつに叶人がいる。
私は私の物語を、今日から紡いでいくよ。
雨の日や風の日だってあるだろう。
それでも、いつか太陽が星が空を輝かせることを、私はもう知っているから。

【エピローグ】

十月になり、急に気温が下がっている。

冬服への移行期間に入り、登校中の生徒たちは白黒のオセロみたい。もう私の夏は終わったんだ、とやっと素直に受け入れることができた。

雨星を見たあと、大雅のことについて覚えている人はいなかった。叶人の言ったように、あの日々はリセットされたのだろう。

教室に入ると、「おはよう」を交わしながら窓辺の席へ進む。

うしろの席の木村さんは、私を待ち構えていたらしくDVDを手にしている。

「おはよ。これ、カッシーにお勧めしていた『情婦』っていう映画のDVD。最後にものすごいどんでん返しがあるから期待して」

「ありがとう。私もこれ持ってきたよ」

紙袋を渡すと、木村さんはなかを覗き込み、歓声をあげた。

「こないだ言ってたプラネタリウム!?　ありがとう！」

「え、なになに。私にも貸してよ」

近くの席の加藤《かとう》さんが会話に加わってきた。

「ダメ。亜美《あみ》にはまだ早い」

「なによそれ。ね、柏木さんお願い」

パチンと手を合わせる加藤さんとも最近はよく話すようになった。

「キム、意地悪しないの。そうだね、三日くらい使ったら加藤さんにも貸してあげて」

「えー。せめて四日は貸してよ」

わいわい話をしている自分がちょっとうれしい。ううん、すごくうれしくなる。

あ、日葵が登校してきた。隣には当たり前のように兼澤くんがいる。ふたりがつき合いだしたことは、もうすっかりクラスでも受け入れられている。

大雅を好きだったのは小説世界での話で、現実の日葵は兼澤くんに恋をした。幸せそうに笑う日葵を見ていると、私の頬も緩んでしまう。

兼澤くんと離れ、日葵が近づいてきた。

「おはよ。もう冬服の人多いんだね。まだまだ暑いのに」

どすんと前の席に座る日葵は、最近ますますかわいくなったと思う。髪の毛も伸びてきたし、メイクも勉強中だと言ってた。

「そういえばさ、昨日悠花のおばさんから連絡来たよ」

「三回忌のことだよね」

日曜日にある三回忌法要は、近所の人も招いておこなうそうだ。

「なんかおばさん、すごく明るくなったよね。夫婦仲ももとに戻ったんでしょ？」

「たまにケンカみたいにはなるけれど、前に比べたらずいぶん仲良しになってるね」

「離婚の危機も回避できたってことか」

「まだ油断できないけどね」

いがみ合っていたのがウソみたいに、ふたりして三回忌法要の準備を張り切っている。叶人の部屋は法要が終わったら整理する予定だ。

リセットされた世界でも、無駄だったことなんてひとつもない。私は私の物語を紡いていきたいって思えたから。

「おはよう」

朝練を終えた優太が声をかけてきた。こちらも夏服のままで、首にタオルを巻いた格好で、いつものスポーツドリンクを手にしている。

「おはよう」

二学期がはじまったころは、優太に恋をするなんて思ってもいなかった。それが今では恋人になっているなんて不思議だ。

こうして、いろんなことは変わっていく。変化が怖いのは今も変わらないけれど、流されるだけじゃなく選択していきたい私がここにいる。

「『パラ恋』、今日でたぶん読み終わると思うよ」

優太がスマホを見せてきた。第四章の最後のページが表示されている。

「もうそんなに進んだんだ。すごいね」

「悠花がほかの男に恋してる設定なのはムカつくけどな。叶人、ちっともわかってないじゃん」

　ぶすっとした横顔に、思わず笑ってしまう。

「え」と日葵がびっくりした顔をした。

「優太も『パラ恋』を読んでるの？　本嫌いな優太が読書なんて信じられない」

「お前だって本嫌いのくせに」

「まさか大雅が病気だったなんてびっくりだよね」

「おい、お前ネタバレすんなって！」

　悲痛な叫びに日葵は、

「あれ、それって最後にわかるんだっけ？」

　と、とぼけている。

「今読んでるところは、大雅が事故に遭ったとこ。ここから盛りあがるってとこなのに、マジでふざけんなよ」

「大丈夫だよ。ハッピーエンドだから」

「だから言うなって！」

　ふたりのかけ合いがおもしろくて笑ってしまう。

　窓の外に目をやれば、空は薄青の秋色。

「はい、これ」

優太がペットボトルを渡してくれた。目に当ててもう一度見ると、濃い青空が潤んでいる。あの夏がペットボトルのなかにまだいる気がした。

すう、と深呼吸。大きく息を吸えば、この世界はもっと明るく輝きだす。

叶人がくれた奇跡を胸に、私は生きていくよ。

道に迷ったり間違えたとしても大丈夫。

どんな道も、正しかったと思える自分になってみせるから。

だから安心して見ていてね、叶人。

【完】

あとがき

「君がくれた物語は、いつか星空に輝く」をお読みくださりありがとうございます。

今作は、『短編のあとに本編がはじまる』という、私の作品においてもかなり変わった構成となっております。

――もし、小説で読んだ内容と同じことが現実に起きたなら。

本編の主人公である悠花は、仲の良い幼なじみとしかうまく話をすることができません。大好きな小説の主人公になってみたい気持ちはありますが、実際になってみるとやっぱり想いは言葉になってくれません。

私も今となっては、黙っていることのほうが難しいほどおしゃべりですが、学生時代は気持ちを言葉にすることが苦手でした。早くしゃべらなくては、と焦れば焦るほど言葉がつっかえてしまったことを覚えています。

加えて、主人公と同様に私にも亡くなった兄と姉がおり、そのことが今作にも影響しているのかもしれません。やはり、大切な人に大切だと伝えるのはなかなか難しいですよね。

悠花がこの物語の間に遂げる成長は、ほんの少しだけなのかもしれません。

それでもこの先、きっと彼女は前を向いて歩いて行くんだろうな、と思えるあたたかい物語になっていると思います。

アイデアを勢いのまま文字にしましたが、いざ書籍化するとなると構成が非常に難しいことがわかりました。編集部のかたやデザイン担当の長崎綾様に多大なるお力をお貸りして完成させることができました。本当にありがとうございます。

また、表紙を描いてくださったナコモ様、物語の世界観を繊細に表現してくださり感謝しております。

応援してくださるファンの皆様には特に感謝申しあげます。いつもお手紙を送ってくださり本当にありがとうございます。執筆が進まないときに読み返し、力をいただいております。

この物語が、なにかひとつでも皆様の心に残ればいいな、と願っています。

いつか、ふと空を見あげたとき、空から雨星が降りますように。

二〇二二年八月　いぬじゅん

この物語はフィクションです。実在の人物、団体等とは一切関係がありません。

いぬじゅん先生へのファンレターのあて先
〒104-0031　東京都中央区京橋1-3-1　八重洲口大栄ビル7F
スターツ出版（株）書籍編集部 気付
いぬじゅん先生

君がくれた物語は、いつか星空に輝く

2022年8月28日　初版第1刷発行

著　者　　いぬじゅん　

発 行 人　菊地修一
デザイン　カバー　長﨑綾（next door design）
　　　　　フォーマット　西村弘美
発 行 所　スターツ出版株式会社
　　　　　〒104-0031
　　　　　東京都中央区京橋1-3-1　八重洲口大栄ビル7F
　　　　　出版マーケティンググループ　TEL 03-6202-0386
　　　　　（ご注文等に関するお問い合わせ）
　　　　　URL　https://starts-pub.jp/
印 刷 所　大日本印刷株式会社

Printed in Japan

ISBN　978-4-8137-1312-8　C0193